Despertar de
Alma

Despertar de Alma

**Una novela sobre romper
límites y encontrar propósito**

©Fabiola Rojas Trejo

Para más información, escribe a: fabiolarojascoaching@gmail.com

ISBN: 979-8-89694-830-8 - Ebook

ISBN: 979-8-89694-831-5 - Paperback

ISBN: 979-8-89694-832-2 - Hardcover

Gracias por adquirir este libro y regalarte
este espacio para reconectar contigo.

Para acompañarte en este viaje, he preparado
una **guía práctica** que complementa y amplifica
los aprendizajes que estás por descubrir.

Además, al visitar mi página encontrarás
contenido adicional, inspiración constante y un
espacio creado con propósito para acompañarte
en tu proceso de crecimiento personal.

Accede aquí: www.fabiolarojascoaching.com
Comencemos juntos este viaje de alma a alma.

Dedicatoria

A Dios, por la vida… por cada amanecer que nos invita a comenzar de nuevo, por las lecciones que nos regala y por aquellas que aún están por llegar.

A mis padres, por las raíces firmes que me han sostenido. Su ejemplo ha sido mi brújula en los momentos clave. Su amor, una base sólida.

A mi esposo, Bill, por caminar a mi lado con amor, paciencia y respeto.

A mis hijos, Lucas y Camila, quienes son mi luz. Me recuerdan lo que realmente importa. Cada uno de sus gestos da sentido y claridad a mis decisiones.

Y a ti, lector… gracias por tomar este libro y abrirle un espacio en tu vida. Gracias por regalarme tu tiempo y permitir que nuestras almas se encuentren en estas páginas.

Table of Contents

Capítulo 1

La promesa por cumplir

*El corazón reconoce
la verdad antes que
la mente esté lista
para comprenderla.*

*M*e desperté de golpe. El frío me envolvía antes de lo habitual.

Aún estaba oscuro, pero una claridad tenue se filtraba por la ventana, anunciando la llegada del amanecer. Siempre me había gustado despertar temprano para verlo. Desde niña, los amaneceres me han dado una sensación de paz, como si al observarlos todo pudiera empezar de nuevo. Pero esa mañana, algo se sentía distinto.

Permanecí en la cama un poco más de lo usual, con la sensación de haber olvidado algo importante, como si mi mente hubiera intentado aferrarse a un sueño antes de perderlo. El aire helado se colaba entre las rendijas de la madera y me erizaba la piel. Me acurruqué bajo las cobijas y cerré los ojos, intentando recuperar algún vestigio de lo que había soñado. Nada. Solo la certeza de que algo estaba cambiando.

Me senté despacio, frotándome los brazos en un intento de recuperar algo de calor.

Desde la ventana, la aldea despertaba a su propio ritmo: el humo ascendía de las chimeneas, los pasos resonaban sobre las calles empedradas y las voces de los vecinos rompían el silencio del amanecer. Y, más allá de todo, la montaña.

Siempre estaba ahí, inmutable, como un guardián. Había crecido escuchando historias sobre ella, relatos de quienes habían osado desafiar su altura y regresaban siendo otros. La montaña lo cambiaba todo.

O al menos, eso decían.

Mi hermano Miguel había sido uno de ellos.

Siempre lo admiré. Su determinación, su valentía, la forma en que enfrentaba sin miedo lo desconocido. Pero lo que más me inquietaba no era su fuerza, sino el cambio en su mirada desde que volvió. Algo en él se había transformado. Algo que nunca explicó.

—¿Podría yo hacer lo mismo?

La pregunta surgió sin aviso, un pensamiento fugaz que se aferró a mí con más fuerza de la que esperaba.

—¿Tendré la voluntad para enfrentarme a la montaña… y a lo que encontraré dentro de mí?

Un leve zumbido resonó en mis oídos.

Y, entonces, lo vi… dentro de mi mente.

El colibrí rojo del sueño.

No estaba presente, no estaba frente a mis ojos, pero su imagen irrumpió con una claridad tan vívida que era imposible de ignorar. Flotaba suspendido en un instante detenido en el tiempo. Sus alas vibraban sin esfuerzo, como si no perteneciera a este mundo. Me observaba.

No con miedo.

No con duda.

Con certeza.

Un escalofrío recorrió mi espalda.

—¿Y si cada señal que ignoramos es, en realidad, una invitación a despertar?

La pregunta quedó flotando en la habitación. No necesitaba respuesta.

Crucé la estancia con pasos lentos, cada crujido de la madera bajo mis pies marcaba el compás de mis pensamientos. Me acerqué a la mesa y tomé mi taza de té de lavanda y miel. Ese aroma siempre había significado hogar, calma, el calor de la rutina en las mañanas. Desde niña, lo había asociado con la tranquilidad de estar en casa, con el amor en los pequeños gestos, con la certeza de que todo estaba bien.

El calor subió hasta mis dedos, envolviéndome con una sensación familiar. Pero esa vez no logró disipar el desasosiego que latía dentro de mí.

Desde la ventana de la cocina, vi a mi madre en el jardín, colgando la ropa en el tendedero. Sus movimientos eran precisos, casi rituales, como si con cada prenda acomodara el orden del mundo.

Por un instante, me quedé mirándola.

Siempre pensé que mientras ella estuviera tranquila, todo estaría bien. Pero ahora... ahora no estaba tan segura.

Bajé la vista a la mesa. Los restos del desayuno seguían allí: migajas de pan dispersas, la jarra de leche a medio terminar, la silla vacía de Miguel.

Me acerqué al estante y deslicé la mano entre los objetos hasta encontrarla. Allí, en su sitio, estaba la piedra.

Pequeña, lisa, encajaba perfectamente en mi mano.

La sostuve con cuidado, intentando comprender por qué Miguel me la había dado.

—Un recuerdo —me dijo aquel día.

Nunca explicó más.

La giré entre mis dedos, como si su superficie pudiera revelarme alguna respuesta. Pero seguía siendo solo eso: una piedra. Y, al mismo tiempo, se sentía como algo más. Algo más grande que yo, algo que aún no lograba entender.

Apreté la piedra con más fuerza y levanté la vista hacia la montaña. Era solo un pedazo de roca, pero su peso en mi mano se sentía como una advertencia.

—¿Qué descubres cuando todo lo que creías conocer sobre ti mismo se pone a prueba?

Las palabras salieron como un murmullo, como si al decirlas en voz alta cobraran un peso distinto.

Nadie respondió.

Solo la montaña, con su presencia inmutable.

Y la certeza, cada vez más clara, de que pronto tendría que enfrentarla.

Salí a caminar.

Una frescura repentina me envolvió, como si el entorno mismo intentara despejar la opresión que me había acompañado desde que desperté. Crucé la puerta y, con cada paso, procuré soltar el peso de la incertidumbre.

El sol comenzaba a trepar por las paredes de piedra, tiñéndolas de un dorado suave. Aquel era el mismo escenario de siempre: las calles empedradas, las fachadas cubiertas de hiedra, el aroma tibio de la mañana mezclado con el dulzor de la fruta fresca. Pero yo sabía que algo había cambiado.

Los sonidos de la aldea me siguieron mientras avanzaba: el choque de vajillas en alguna cocina, el canto lejano de los gallos, el crujido de las ramas bajo mis pies. Todo era cotidiano, familiar, y, sin embargo, la sensación de despedida permanecía.

Al llegar al mercado, el día ya estaba en marcha. Los puestos desbordaban color y aroma. El vapor que salía de las canastas cubiertas, la fragancia especiada de los dulces caseros, la voz de los vendedores llamando a los primeros clientes... Todo seguía su curso, como si nada estuviera por cambiar.

Pero para mí sí lo haría.

Me detuve sin un motivo claro, observando a mi alrededor, buscando tal vez una confirmación de que aún pertenecía a ese lugar.

Entonces la vi.

La señora Dina acomodaba con paciencia los racimos de uvas en su puesto. Sus manos, firmes y cuidadosas, colocaban cada fruto en su sitio exacto, con la precisión de quien conoce el orden natural de las cosas. Había algo en su manera de hacerlo que convertía lo simple en sagrado. Dina era amiga de mamá desde hacía muchos años, y yo siempre le había tenido respeto. Ella me saludaba con calidez cada vez que nos cruzábamos, con ese cariño que nace de la cercanía familiar y los años compartidos en la aldea.

Cuando levantó la vista y me encontró, no fue un saludo casual. Sus ojos oscuros me observaron con la certeza de quien entiende lo que aún no se ha dicho.

—Feliz cumpleaños, Alma.

No lo dijo como un gesto cotidiano. En su voz había algo más, como si estuviera reconociendo un momento que yo aún no comprendía del todo.

—Gracias, señora Dina —respondí, aunque mi voz sonó más débil de lo que esperaba.

Ella asintió con calma y, sin decir nada más, tomó un racimo de uvas y lo extendió hacia mí.

—¿Estás lista?

No era una pregunta cualquiera.

La frescura de la fruta contra mi palma me obligó a anclarme al presente. Busqué una respuesta clara, pero lo único que encontré fue la verdad.

—Posiblemente…

Dina sostuvo mi mirada con serenidad y, con un gesto pausado, llevó una mano a su sien y luego a su pecho.

—La montaña no es solo el sendero que recorres —dijo con firmeza—. También es un trayecto que comienza aquí — tocó su sien— y se siente aquí —apoyó la mano en su pecho. Su voz no dejaba dudas: este viaje pondría a prueba mucho más que mi resistencia.

No hablaba solo del esfuerzo físico. Su advertencia iba más allá: no bastaba con que mi cuerpo soportara el camino, también debía estar preparada para enfrentar lo que encontraría dentro de mí.

Y, entonces, lo vi.

Un destello rojo apareció frente a mí.

El colibrí.

El mismo del sueño. Su silueta apareció con una nitidez inquietante, como si el recuerdo se hubiera desprendido de la noche para volverse real justo en ese momento.

Me detuve, como si el tiempo se hubiera contenido en un instante. Y, sin buscarla, una pregunta emergió desde lo más profundo de mí:

—¿Qué tanto de lo que creemos ver afuera es, en realidad, un reflejo de lo que no nos hemos permitido mirar dentro?

El ambiente pareció espesarse a mi alrededor. Mi cuerpo se tensó, atrapado entre la necesidad de avanzar y el deseo de aclarar la respuesta a mi pregunta.

El bullicio del mercado desapareció. Las voces, los pasos, incluso el soplido del viento, quedaron en un segundo plano, como si el mundo me estuviera concediendo una pausa para entender lo que ya estaba frente a mí.

El colibrí seguía allí.

Esperándome.

No con impaciencia, sino con la certeza de quien sabe que el mensaje ya se ha recibido.

Y, entonces, lo entendí.

El sueño no había sido un simple reflejo de mi mente.

Era una advertencia.

Era un llamado.

Y, ahora, la señal estaba presente en la realidad.

El colibrí me sostuvo la mirada por un instante más, suficiente para anclar esa sensación en mi pecho, y luego se elevó con un último destello, desapareciendo entre las ramas.

No fue tristeza ni pérdida lo que dejó tras de sí. Solo claridad.

Busqué a Dina, deseando confirmar que no lo había imaginado.

—¿Viste al colibrí?

Pero ella ya no estaba. Se había ido, como si supiera que su papel había terminado en ese preciso instante.

Miré a mi alrededor.

Todo seguía igual. El mercado, la gente, los sonidos de siempre.

Pero yo ya no era la misma.

Intenté retomar la rutina, pero era imposible.

Los saludos de los vecinos, las conversaciones a mi alrededor... todo sonaba lejano, como si el mundo y yo hubiéramos dejado de estar sincronizados.

Algo dentro de mí había cambiado sin que me diera cuenta.

Y aunque no comprendía del todo lo que implicaba dar ese paso, sabía que ya no había vuelta atrás.

Al llegar a casa, un aroma cálido y conocido me recibió, con ese toque sutil a lavanda que siempre parecía abrazarme al cruzar la puerta. En la cocina, mamá seguía amasando con la paciencia de siempre, como si, en ese movimiento rítmico, sostuviera el orden del mundo.

Al verme, dejó la masa a un lado, se limpió las manos en el delantal y se acercó.

—Feliz cumpleaños, Alma —dijo con su mezcla de sencillez y ternura.

Me abrazó con firmeza, lo justo para recordarme que estaba ahí. Y que seguiría estándolo.

Sonreí. Con ella, nunca hacían falta demasiadas palabras.

—Hoy es un buen día para descubrir hasta dónde puedes llegar —añadió, volviendo a la masa con la misma naturalidad con la que hablaba del futuro.

Poco después, papá apareció en la puerta. Uriel. Su nombre significaba "luz de Dios", y de algún modo, siempre había sido eso para nosotros: una guía en los momentos de duda, el faro que nos recordaba por dónde seguir cuando todo parecía incierto.

Se detuvo unos segundos, observándome con esa calma suya que nunca necesitó palabras para hacerse entender. Luego, se acercó y posó su mano sobre mi hombro con suavidad.

—Felices veinte, Alma. Te has hecho fuerte. No lo olvides.

Asentí. Con papá, las palabras justas siempre eran suficientes.

Hizo una pausa antes de hablar de nuevo, como eligiendo con cuidado lo que iba a decir.

—No tengas prisa, hija. Camina a tu propio ritmo.

Su voz sonó firme, pero con esa calidez que siempre lograba hacerme sentir segura.

No insistió. No hacía falta.

Sabía que sus palabras terminarían encontrando su significado en el momento adecuado.

Entonces, bajó Miguel.

Bastó con que cruzara la habitación para que el ambiente cambiara. Desde su regreso, su sola presencia cargaba algo que ninguno de nosotros terminaba de descifrar.

—Feliz cumpleaños, hermana —dijo.

Me abrazó más tiempo de lo habitual, como si sostuviera algo que aún no estaba listo para soltar.

Nos sentamos a la mesa en un silencio que no era incómodo sino necesario. Con Miguel, las palabras no siempre hacían falta.

Esperé hasta que sentí que era el momento.

—Miguel... —pregunté—. ¿Cómo es realmente allá arriba?

Él desvió la mirada hacia la ventana. Tardó en responder, buscando con cuidado las palabras.

—No es como te lo imaginas. Lo que crees que sabes. Lo que crees que eres. Si subes llevando certezas, la montaña se encarga de quitártelas. —Se tomó un momento antes de continuar—. Y lo más extraño es que no siempre encuentras lo que fuiste a buscar. A veces, solo te encuentras a ti mismo. Y hay días en los que eso alcanza... y otros en los que no.

Me quedé pensando, dejando que sus palabras calaran hondo.

—¿Qué hace que algo realmente valga la pena? ¿El camino o llegar a la cima?

Miguel suspiró. Por primera vez desde su regreso, su expresión se suavizó.

—Depende de lo que estés buscando.

Apoyó los codos sobre la mesa. No intentaba convencerme.

—Allá arriba, lo que aquí se siente inmenso pierde fuerza. Y lo que suele pasar desapercibido... de pronto importa más de lo que imaginabas. —Guardó silencio por un momento, dándome espacio para asimilar sus palabras. Luego, con calma, agregó—: Las respuestas no siempre llegan cuando las buscas... pero lo hacen. Tarde o temprano, lo hacen.

Asentí, comprendiendo el peso de su certeza.

No lo entendía del todo, pero sabía que aquellas palabras serían las primeras indicaciones de un viaje que, sin darme cuenta, ya había comenzado.

La tarde transcurrió sin prisa.

Me asomé a la puerta, dejando que el aire fresco hiciera lo posible por ordenar mis pensamientos.

Ángel apareció a lo lejos, avanzando con su andar despreocupado, la cesta apoyada en su cadera y la misma sonrisa de siempre.

—Feliz cumpleaños, Alma —dijo con su tono entusiasta, levantando las manzanas como si fueran un tesoro—. Hoy me porté bien, no me comí ni una. Admítelo, esto merece que me digas que soy un ejemplo.

Sonreí. Ángel tenía el talento de hacer cualquier momento más ligero.

Nos sentamos bajo el árbol frente a la casa.

Por un instante, pensé que solo había venido a distraerme, como tantas veces, pero cuando dejó la manzana a un lado y se acomodó con más intención, entendí que había algo más.

—Así que llegó el momento de la montaña —dijo, sin rodeos, observándome con atención.

—No tengo todo claro… pero algo en mí dice que ya es momento.

No me presionó con más preguntas. Solo asintió, girando la manzana entre sus manos.

—Solo prométeme que vas a volver. No importa cómo, pero vuelve.

—Lo prometo.

Su gesto fue casi imperceptible, pero entendí que esa promesa significaba más de lo que parecía.

—Aquí siempre vas a tener un lugar —añadió después de un momento.

Y supe que no hablaba solo de la casa, sino de lo que uno deja en los demás cuando decide partir.

La noche llegó sin que pudiera dormir.

El silencio de la habitación se volvió más denso con cada hora que pasaba, como si el tiempo mismo se detuviera para darme espacio para arrepentirme.

Pero no lo hice.

Cerré los ojos y escuché cómo las hojas se agitaban afuera, como si el mundo siguiera moviéndose incluso en medio de mi pausa.

Y, entonces, lo entendí. No era la montaña la que me llamaba. Era yo quien, sin saberlo, había estado esperando este momento. Ya no había espacio para la incertidumbre. Había llegado el momento de avanzar.

Capítulo 2

La última jornada en la aldea

*A veces, solo al soltar
los lugares que más
amamos, descubrimos
cuánto nos han nutrido
en silencio… y cuán
listos estamos para crecer
más allá de ellos.*

*L*a decisión que tomé no me dejaba en paz. No era solo incertidumbre; era un peso tangible, como si el entorno mismo se hubiese vuelto más denso.

Las primeras luces del día se filtraban por la ventana, pero no disipaban la sensación de vacío que traía conmigo. Algo estaba a punto de cambiar.

La montaña seguía ahí, inmóvil, observándome.

—¿Y si nunca soy suficiente, sin importar lo lejos que llegue?

No me gustó cómo sonaba esa pregunta en mi mente. Intenté apartarla, pero se aferraba a mí como una sombra persistente.

Caminé hasta la ventana y la abrí en busca de aire. La brisa de la mañana me envolvió, despejando mi mente por un instante. Un estremecimiento recorrió mi cuerpo, pero lo agradecí. Me ancló al presente.

Desde allí, vi a un campesino cruzar la plaza con dos sacos al hombro. Su paso era firme, decidido.

—Camina tan ligero… —pensé.

Él no dudaba. Solo avanzaba.

Sentí un nudo en el pecho. Yo también quería caminar así.

Pero una pregunta me frenó, nacida entre el deseo de avanzar y el miedo a romper con lo conocido:

—¿Cómo asumir la dirección de tu vida cuando tu corazón aún se aferra a lo que te enseñaron a seguir?

Me detuve unos segundos. El ambiente era el de siempre, pero algo se sentía distinto. No estaba segura si el cambio venía de afuera o si era algo que estaba ocurriendo dentro de mí.

El pueblo empezaba su rutina habitual: las voces de los vecinos, el sonido de una carreta sobre las piedras del camino, los olores de la cocina escapando por las ventanas. Todo parecía seguir su curso, pero yo ya no era la misma.

Cada paso me llevaba más lejos de lo conocido y más cerca de lo incierto.

—¿Qué parte de nuestra vida nos obligamos a sostener solo porque no nos detenemos a preguntarnos si realmente tiene sentido?

Me obligué a grabar cada detalle: los tejados rojizos, el olor a leña encendida en alguna casa lejana, el repique de las campanas llamando a la mañana. Todo parecía inmóvil, como si el pueblo intentara retenerme un poco más.

—¿Cómo permitirte crecer cuando una parte de ti aún se aferra a lo que te resulta seguro?

La pregunta quedó suspendida en mi mente. El temor no era solo dejar atrás lo que conocía, sino arriesgarme a perder la sensación de seguridad que por tanto tiempo me sostuvo, aun cuando ya no me permitía avanzar.

Mis pasos resonaban sobre las calles empedradas mientras el sol comenzaba a deslizarse entre las fachadas desgastadas. Las casas, con sus puertas de madera envejecida y flores en las ventanas, parecían testigos de mi incertidumbre. Habían visto generaciones partir y regresar, algunas transformadas, otras irreconocibles.

Me detuve. El pueblo seguía su curso, ajeno a la inquietud que crecía en mi interior.

El canto de un gallo irrumpió, anunciando un nuevo día como lo hacía cada mañana. Pero esta vez su eco se sintió diferente, como si me recordara que mi tiempo en la aldea estaba contado.

Las voces se entrelazaban con el crepitar de la leña y el sonido de una puerta cerrándose con firmeza.

El mundo seguía girando con la misma cadencia de siempre. Pero yo, por dentro, ya no era la misma.

No era una despedida, sino un recordatorio de lo que siempre llevaría conmigo.

Seguí caminando sin un destino concreto hasta que el bullicio del mercado comenzó a envolverme. El aroma de las especias se esparcía por la aldea, mezclado con la humedad de la tierra y un dejo cálido que anunciaba el inicio del día. Los comerciantes discutían precios, las canastas chocaban unas con otras y el aceite caliente chisporroteaba en los fogones.

Me detuve un instante, dejándome absorber por el ritmo familiar del mercado.

Dina, de pie junto a su puesto, revisaba su mercancía con la paciencia de quien conoce el valor de cada cosa. Cuando levantó la vista, sus ojos me encontraron antes de que pudiera hablar.

—Sabía que regresarías, Alma.

No preguntó nada. No hacía falta.

El ambiente del mercado me envolvía con su familiaridad: los sonidos y aromas de siempre, presentes como parte natural de mi historia.

—¿Cuántas oportunidades hemos dejado pasar esperando estar listas?

Dina se detuvo y me observó con calma.

—Nadie está listo del todo —dijo con un suspiro leve—. Solo das el primer paso... y el resto se acomodará.

Tomó un pequeño cuchillo y con un movimiento preciso partió un trozo de pan. Me lo tendió sin prisa.

—Come. Es difícil caminar con hambre.

El calor del pan aún se aferraba a la corteza. Lo sostuve un instante antes de darle un bocado. Su sabor me ancló a la infancia, a las tardes en casa, a las manos de mamá amasando con dedicación.

Dina observó el reflejo de mis pensamientos en mi rostro.

—Soltar no significa olvidar —dijo con voz baja—. Lo que amas, lo que te ha formado, siempre te acompaña.

Deslizó la mano en su delantal y sacó un papel cuidadosamente doblado. Lo sostuvo unos segundos antes de extendérmelo.

—Es el mapa de la montaña. No es perfecto, pero cuando el camino se vuelva incierto, te recordará que no eres la primera en recorrerlo. Ha sido trazado por quienes subieron antes. Cada uno dejó en él las rutas que les ayudaron a continuar.

Tomé el papel con la reverencia de quien recibe un legado.

No era solo un mapa. Era un testimonio de quienes habían estado antes en este mismo punto, con las mismas preguntas, con la misma necesidad de dar el siguiente paso.

—No olvides que cada paso que das también traza un camino para alguien más.

Lo guardé en mi mochila, no como una simple guía, sino como un recordatorio de que cada sendero deja huella en quien lo transita.

—Gracias, Dina.

Ella asintió. No necesitábamos más palabras.

Me alejé de su puesto con pasos pausados, permitiéndome absorber el peso de nuestra conversación.

Pasé junto a un puesto de utensilios de cocina y me detuve un instante sin un motivo claro. Tal vez era la familiaridad de los objetos, tan presentes en la rutina del pueblo. Tal vez era el sonido del metal chocando entre sí, cucharones y cazos acomodándose en los mostradores, el tintineo de las monedas en los bolsillos de los clientes.

Un sonido más profundo y rítmico se entremezcló con el bullicio del mercado: el roce de un paño contra el hierro.

Giré lentamente.

El hombre estaba inclinado sobre su mostrador, limpiando una sartén de hierro con movimientos pausados, como si cada pasada sobre la superficie ennegrecida le ayudara a ordenar sus pensamientos.

Levantó la vista con la frialdad del metal que pulía.

—¿Es cierto?

Asentí.

Su risa fue breve y seca.

—¿Y qué crees que hay allá arriba que no tengas aquí?

No era una pregunta.

Era un desafío.

Su tono no sonaba burlón, pero tampoco cargaba curiosidad genuina. Me observaba con la misma paciencia con la que revisaba su mercancía, como si esperara encontrar la grieta que pudiera hacerme dudar.

—La montaña te cambia —continuó—. Y no creas que siempre es para bien —bajó la voz, inclinándose apenas hacia adelante—. Te llenan la cabeza con cuentos de grandeza y autodescubrimiento, pero cuando bajas… si es que bajas, ya no eres la misma. ¿Y si lo que buscas no está ni aquí ni allá?

No solo cuestionaba mi decisión. Quería desarmarla.

—Quien comprende el valor de su hogar, no busca respuestas en otro lugar. —Su voz era firme—. Mientras buscas respuestas allá arriba, ¿quién se queda aquí para cuidar lo que importa?

Su mirada era una mezcla de juicio y advertencia.

—¿Tu familia estará orgullosa de ti si vuelves convertida en alguien distinto? ¿Y si no vuelves?

Sus palabras se aferraron a mi pecho. Mi cuerpo temblaba, pero intenté sostener mi voz con fuerza.

—No subo porque quiera alejarme de lo que tengo aquí —respondí—. Subo porque sé cuánto significa.

El hombre me sostuvo la mirada sin decir nada.

Apreté los labios y enderecé los hombros.

—Si lo que tengo aquí no fuera importante, me daría igual quedarme o irme. Pero no me da igual. No busco alejarme. Solo entender. —Su mandíbula se tensó levemente. Sus dedos tamborilearon sobre la madera—. Amo a mi familia, a mis amigos y a esta aldea. Todo lo que soy viene de aquí.

El hombre bajó la vista, resopló por la nariz y sacudió la cabeza.

—Si realmente valoraras lo que tienes, no necesitarías irte.

No esperó mi réplica. Volvió a su trabajo, deslizando la sartén sobre la mesa con movimientos mecánicos, como si la conversación nunca hubiera existido.

Me quedé inmóvil unos segundos, dejando que todo lo que dijo se acomodara dentro de mí.

Di un paso atrás, alejándome del puesto. El mercado seguía su curso, ajeno a mis dudas. Las voces de los comerciantes, el olor a frutas maduras y el tintineo de las monedas se mezclaban en el ambiente.

Me detuve un instante, como si esperara que el mundo me diera una respuesta.

—¿Cómo saber cuándo es momento de dejar atrás lo conocido para descubrir hasta dónde puedes llegar?

Mis pies retomaron el camino y entre los puestos lo vi.

Un hombre mayor, apoyado en su bastón, observaba el ir y venir de la aldea con la calma de quien ha visto muchas vidas cruzarse en esos mismos caminos. No tenía la dureza del anterior. Su presencia era distinta, serena, como si siempre hubiera estado ahí, esperando a que alguien como yo necesitara su mirada comprensiva.

Me miró y me hizo un leve gesto para que me acercara.

No había juicio en su rostro. Solo comprensión.

—Tú también sientes el llamado, ¿verdad? —su voz, grave y pausada, llevaba el peso de los años sin perder su firmeza.

Asentí, sorprendida por lo bien que parecía entenderme.

—Yo intenté subir hace mucho tiempo —continuó con un suspiro hondo—, pero no tuve la fuerza suficiente. —Se tomó su tiempo antes de seguir—. No porque no pudiera continuar...

Sus ojos se perdieron en un punto distante, más allá de la aldea, más allá del presente.

—Sino porque hay lecciones que solo se revelan cuando estamos preparados para verlas.

Lentamente, sacó un pequeño amuleto de piedra y lo sostuvo entre sus dedos arrugados.

—Dicen que la montaña no es solo roca y tierra. Que tiene alma.

Apretó el amuleto con suavidad, como si en él guardara algo más que recuerdos.

—Puede conectar con tus emociones. Escuchar tus pensamientos. Decidir si te deja avanzar.

Mi pecho se contrajo con fuerza.

—Cuando subí, pensé que estaba listo. Pero la montaña me detuvo. No porque el sendero fuera demasiado empinado... —Sus dedos temblaron levemente—. Sino porque aquí dentro...

—apretó el amuleto en su puño—no había claridad.

Sus palabras me encontraron con la guardia baja.

—Si decides subir, hazlo con el corazón en paz —dijo con calma.

No era solo un desafío físico. También sacaría a la luz lo que aún no estaba lista para enfrentar.

—Si subes con dudas, el viaje te las mostrará.

El silencio se alargó antes de que continuara.

—Si subes con miedo, te obligará a enfrentarlo.

Examinó la piedra como si aún pudiera ver el día en que decidió regresar.

—Yo subí con preguntas sin resolver, con heridas abiertas… y el viaje me las devolvió todas multiplicadas —exhaló largo, como si finalmente soltara algo que llevaba años cargando—. Por eso no llegué lejos. Mis pies eran inseguros, porque mi alma lo era.

La quietud que siguió fue más pesada que cualquier palabra.

Finalmente, el anciano enderezó los hombros y mantuvo sus ojos fijos en los míos.

—Encuentra tu paz antes de subir. Solo lograrás avanzar con un alma ligera.

Se giró con lentitud y comenzó a alejarse. El golpe de su bastón contra el empedrado resonó con firmeza, como un eco de lo que quedó sin decir.

Observé su silueta alejarse entre los puestos, sintiendo el eco de sus palabras aún vibrar en mi interior.

Salí del mercado, dejando que los sonidos se desvanecieran a mis espaldas. El aire se volvió más fresco y el sonido del río se escuchó de fondo.

Caminé unos pasos más; bajo el viejo manzano encontré a Ángel. Sostenía una manzana entre los dedos, girándola con esa calma suya que nunca parecía forzada. En su expresión había algo más que su habitual diversión: una preocupación apenas disimulada.

—¿Tienes hambre? —preguntó sosteniendo la fruta en alto como si aquello fuera lo más importante del momento.

Sonreí sin darme cuenta.

Me acerqué y me senté a su lado. El crujido de las hojas secas bajo mis pies pareció llenar el espacio entre nosotros.

—Ángel, ¿crees que estoy lista para esto?

Él siguió observando la manzana, como si en su cáscara roja pudiera encontrar una respuesta.

—Nadie sabe si está listo para algo así —dijo al fin—. Pero sé que tienes lo necesario.

Su certeza se sintió más real que la mía.

Extendió la manzana hacia mí.

—Come —insistió—. No puedes irte con el estómago vacío.

Dudé un segundo antes de tomarla.

El primer bocado fue dulce y ácido a la vez, una mezcla familiar y reconfortante.

Me quedé mirando el horizonte.

—¿Y si no es así…?

Ángel lanzó una piedra al agua, viendo cómo las ondas se expandían antes de desaparecer.

—Entonces lo descubrirás en el camino.

No quedaba nada más por decir.

Me sacudí y me levanté.

—Volveré, Ángel. Lo prometo.

Él apretó mi mano una fracción de segundo más de lo necesario antes de soltarla.

—Más te vale, Alma. No pienso recoger manzanas solo el próximo otoño.

Sonreí.

Las ramas del manzano se agitaron suavemente mientras me alejaba. No miré atrás. No hacía falta.

Cada paso me acercaba más a lo desconocido. Sentía el peso de lo que dejaba atrás, pero también la libertad de lo que me esperaba por descubrir.

Cuando alcé la vista, el sol descendía lentamente. El cielo, teñido de tonos dorados y ámbar, cubría la aldea con su último resplandor, como si se despidiera junto conmigo.

Mis padres me esperaban en la entrada, de pie, firmes como raíces antiguas, sosteniendo con su sola presencia el peso de todo lo que había sido y lo que estaba por venir.

Me quedé justo en la entrada, absorbiendo la escena. No quería moverme, como si al quedarme quieta pudiera prolongar el momento un poco más.

Mamá fue la primera en moverse. Tomó mis manos con la suavidad de quien ha sostenido y dejado ir muchas veces. Su piel, áspera por los años de trabajo, me envolvió con esa calidez que siempre había sido mi refugio.

—Alma, el viaje transforma, pero deja que sea tu corazón quien te guíe.

En su mirada estaba la misma certeza con la que siempre había acompañado mis decisiones. Asentí despacio.

Papá dio un paso adelante y, con sus manos callosas, extendió una pulsera de cuero trenzado.

—Cada nudo en esta pulsera representa una elección que has tomado con esfuerzo, con valor y con el corazón —dijo con voz firme, mientras la ajustaba en mi muñeca con la misma precisión con la que había construido nuestro hogar—. Son las decisiones correctas las que construyen el camino que realmente vale la pena recorrer. Llévala contigo.

Nos abrazamos los tres, aferrándonos a ese momento como si quisiéramos guardarlo en la piel. Sabíamos que las palabras sobraban, que el amor se sentía más en la forma en que nos sosteníamos.

Y aunque partiera, nunca estaría sola.

Esa noche, mientras preparaba mi mochila, cada objeto que guardaba tenía un peso distinto. La manta que mamá insistió en que llevara aún olía a lavanda y a hogar, un recordatorio de la calidez que dejaba atrás. El mapa de Dina no era solo un pedazo de papel, sino la prueba de que otros habían hecho el mismo viaje antes que yo. El espejo reflejaba más que mi rostro; me devolvía una versión de mí que aún estaba por descubrir.

Pasé los dedos por los nudos de la pulsera, sintiendo en cada trenza el amor de mi familia, mis raíces, mis decisiones. Apreté los puños un instante dejando que la incertidumbre flotara en la penumbra de la habitación. Tomé la manta y la sostuve entre mis manos antes de guardarla en la mochila.

—¿Qué parte de mí quiero asegurarme de no perder, sin importar hasta dónde me lleve esta travesía?

Sabía que en algún punto del viaje encontraría la respuesta.

Guardé la manta con cuidado, cerré la mochila y apagué la lámpara. Por un momento, me senté en el borde de la cama, dejando que el silencio de la noche envolviera todo lo que no podía decir en voz alta. Afuera, el mundo dormía... pero dentro de mí, algo ya comenzaba a andar.

La madrugada se deslizó sin prisa. Y, sin darme cuenta, el amanecer llegó.

Afuera, la aldea despertaba en su rutina habitual, pero para mí todo parecía distinto. La luz dorada de la mañana coloreaba el horizonte con un tono de despedida, como si el día entero entendiera que algo estaba por cambiar.

Nos detuvimos al pie del sendero. Mamá me abrazó con la misma ternura con la que había sanado mis heridas y con la misma fuerza con la que había sostenido mi infancia. Me retuvo un instante más, como si quisiera guardarme en su memoria.

—Confía en tu fuerza, Alma.

Sus manos temblaron apenas al entregarme una carta.

—Si alguna vez sientes que te pierdes... deja que estas palabras te recuerden quién eres.

El papel arrugado en mis dedos conservaba el calor de sus manos, un rastro de su amor que aún me acompañaba. Quise decirle que todo estaría bien, pero no quise mentirle.

—Te amo, mamá.

No necesitábamos más palabras.

Papá avanzó después y, con un gesto firme, apretó la pulsera en mi muñeca, asegurándose de que la llevaría conmigo tanto como a ellos.

—Camina con confianza —dijo con los ojos fijos en mí—. No es solo la cima... el camino también vale la pena.

Asentí. Sus palabras no eran solo un consejo; eran un ancla.

Miguel me contempló en silencio. No intentó ocultar su preocupación, pero detrás de ella había algo más.

—Cuídate allá arriba, Alma —dijo frotando la manzana entre sus dedos, como si no supiera bien qué más decir—. Te esperaré aquí.

No había más que decir. Extendió su mano y cuando la tomé, sentí el vínculo irrompible que siempre habíamos compartido. Nos despedimos sin prisas, sin necesidad de palabras que nunca serían suficientes. No era un adiós, era una promesa de que la vida, de una forma u otra, nos volvería a cruzar.

El aire estaba frío.

El sendero, incierto.

Pero no di el primer paso por impulso ni porque alguien más lo esperara de mí.

Lo di porque, en ese momento, entendí que no estaba caminando sola.

El amor que me rodeaba no se quedaba atrás.

Me acompañaba.

Por primera vez, no pensé en lo que dejaba atrás.

Solo en lo que tenía por delante.

Capítulo 3

Primer paso hacia la montaña

*El primer paso no
transforma el mundo
de inmediato, pero sí
transforma la forma en
que nos posicionamos
frente a él… y eso
lo cambia todo.*

El viento arrastraba consigo la aspereza de la montaña, levantando nubes de polvo a su paso. El frío me invadía por dentro, extendiéndose como si quisiera ocupar el lugar de todo lo que había dejado atrás. Avancé con cautela, sintiendo el peso de la tierra bajo mis botas. Me detuve un instante y miré en dirección a la aldea.

Permanecí inmóvil.

El recuerdo de mi madre colocando la carta en mi bolsillo, la firmeza con la que mi padre ató la pulsera en mi muñeca, la mirada de Miguel cargada de palabras que ninguno de los dos supo decir. No lo había dejado atrás, todo seguía conmigo.

Este viaje no era un abandono. Era la única manera de comprender mejor lo que significaban en mi vida.

Seguí avanzando, midiendo cada movimiento mientras el suelo resbaladizo desafiaba la estabilidad de mis pasos. La montaña no emitía juicios, pero su presencia lo decía todo: solo seguiría adelante quien estuviera dispuesto a enfrentarse a sí mismo. No había marcha atrás.

—¿Y si el cuerpo, la mente y el corazón no fueran barreras, sino las únicas herramientas reales que tenemos para hacerle frente al mundo?

El primer objetivo estaba claro: llegar al árbol.

Aquel árbol solitario que tantas veces había observado desde la ventana de mi habitación. Siempre me pareció un punto fronterizo entre lo conocido y lo desconocido. Ahora, al estar más cerca, su silueta recortada contra el cielo tenía la presencia de un guardián. Un testigo de cada decisión que tomaba.

—Siempre he admirado a quienes llegaron a la cima —dejé salir las palabras casi sin darme cuenta, como si llevaran tiempo esperando ser reconocidas.

No solo porque lograron subir, sino porque regresaron distintos. Más sabios. Más seguros. Como si hubieran descubierto algo que el resto no podía ver.

Los rostros de los ancianos de la aldea cruzaron por mi mente. Dina, mis padres, incluso Miguel. Todos compartían algo en común: habían enfrentado este desafío y regresado con algo más que recuerdos. Pero ¿qué era exactamente lo que habían encontrado?

—¿Estoy buscando lo correcto... o solo persigo la idea de lo que creo que debo encontrar?

La pregunta se enredó en mi mente como un hilo suelto.

—¿Era este viaje una búsqueda genuina o una ilusión alimentada por las historias que había escuchado desde niña?

Tal vez la montaña no era una promesa de respuestas, sino un reflejo de lo que uno ya llevaba dentro.

—¿Qué pasará si lo que encuentro allá arriba es diferente a lo que imagino?

Apreté los dedos, sintiendo la textura rugosa del suelo.

—No voy a darme la vuelta.

El pensamiento se afianzó con la misma determinación con la que mis pies se anclaban al camino.

Saqué el mapa de Dina y recorrí con la mirada la ruta trazada. La humedad lo había vuelto frágil, y al sostenerlo, sentí cómo su textura irregular parecía acompañar mi inquietud.

Las palabras de Dina regresaron con claridad:

—Este mapa es solo una guía, Alma. La verdadera ruta dependerá de tu cuerpo, tu corazón y tu mente.

No bastaba con seguir. Tendría que aprender a avanzar, sin importar el cansancio o las dudas que intentaran detenerme.

Una ráfaga repentina cortó el espacio entre los árboles, afilada como una advertencia.

—¿De verdad quieres subir, Alma?

No era la montaña quien lo preguntaba. Era yo.

El trayecto se volvía inestable. La brisa cortante se colaba entre mi ropa y el suelo no ofrecía tregua. Un descuido bastó. Tropecé con una piedra y, en un instante, el mundo giró.

Caí de rodillas.

El impacto fue seco.

El dolor latía en mis piernas, pero no era lo que más pesaba en mi interior. Lo que realmente me paralizaba era la certeza de que esa no sería la última vez que caería.

—¿Qué pasará si no logro hacerlo?

El pensamiento se aferró a mí con la misma fuerza con la gelidez se filtraba entre mi ropa.

Apreté los dientes.

Podía quedarme ahí, permitiendo que la duda ganara terreno.

O podía levantarme.

Con esfuerzo, me incorporé poco a poco. El ardor en mis piernas protestó, pero ignorarlo fue más fácil que ceder a la incertidumbre.

Me sacudí el polvo y me obligué a soltar las dudas junto con él.

—Bueno, Alma… aquí estamos —dije con ironía, sintiendo la aspereza en mi propia voz.

El rugido se intensificó, como si la montaña hubiera escuchado mis palabras y aguardara mi siguiente movimiento. Casi como si se burlara de mi declaración.

El terreno se volvía más inclinado con cada metro recorrido. Cada movimiento debía ser preciso, un ajuste constante para no perder el equilibrio. Tanteé la roca en busca de un punto firme mientras mis pies se aferraban a la tierra suelta, sintiendo cómo la montaña probaba mi resistencia.

Entonces lo vi.

Al principio, pensé que era solo una sombra proyectada entre las rocas. Pero no. Era alguien.

Una figura descendía entre las ramas con una calma imposible. El viento sacudía su ropa desgastada, pero él no parecía notarlo. Su andar era fluido, sin torpeza ni vacilación, como si la montaña no representara un obstáculo para él, sino un viejo conocido.

Lo observé maravillada.

Había algo en él que no podía explicar. Cada paso que daba parecía formar parte de un ritmo natural, como si el suelo lo reconociera y le permitiera avanzar sin resistencia. El polvo se apartaba a su paso, las piedras se mantenían firmes bajo su peso. No había lucha en sus movimientos, solo certeza.

Por un momento, olvidé el peso de mi mochila. El ardor en mis rodillas y la fatiga parecieron desvanecerse. Mi corazón, que hasta entonces latía con fuerza por el esfuerzo, se acompasó al ritmo pausado de su descenso.

Un viajero.

Alguien que ya había ido más lejos de lo que yo podía imaginar. Y, ahora, regresaba.

Lo observé con atención. No era su resistencia lo que más me impresionaba, sino la forma en que se movía. No había rigidez en su postura ni vacilación en sus pasos. Era como si el sendero lo guiara, en lugar de desafiarlo.

Apreté la tierra entre mis dedos.

—Si él pudo, yo también puedo.

Entonces, se detuvo.

Levantó la vista, como si hubiera escuchado mis pensamientos. Su mirada se cruzó con la mía y, por un instante, todo quedó en calma.

No fue su ropa gastada ni la dureza en su expresión lo que me atrapó, sino la serenidad en sus ojos.

—¿Subes? —preguntó.

Su voz era profunda, sin exigencia. La pregunta, tan sencilla, resonó dentro de mí más de lo esperado.

¿Subía? ¿Realmente podía decir que mi objetivo era llegar hasta arriba?

Tragué saliva y respondí con un hilo de voz:

—Eso intento.

El viajero asintió despacio y clavó su bastón en la tierra. Se inclinó ligeramente hacia adelante, sin apartar la mirada de la mía. No exigía una respuesta, pero tampoco permitía que la evitara.

—Escucha —dijo con firmeza, pero sin prisa—, la montaña no es tu enemiga, pero tampoco es tu aliada. —Hizo una pausa, observando mi reacción—. Ella simplemente es.

El viento sopló entre los árboles. No aparté la vista.

—No se trata de vencerla —continuó—, sino de aprender a escuchar lo que quiere mostrarte.

Dejó que sus palabras flotaran entre nosotros, sin apresurarme a entenderlas.

Me humedecí los labios y, con cierta cautela, pregunté:

—¿Y tú? ¿Qué encontraste?

El viajero levantó la vista. Su mirada se perdió en las alturas, en algún punto que yo aún no alcanzaba a ver. Algo en su expresión cambió.

—Me encontré a mí mismo —respondió al fin.

Su voz era más baja ahora, con un peso distinto.

No hablaba de triunfo.

No hablaba de conquista.

—No como alguien que ganó, sino como alguien que aprendió a escuchar —habló con una calma que parecía haber nacido de una certeza recién descubierta—. El camino no me dio lo que buscaba… —hizo una breve pausa—, me mostró lo que necesitaba ver.

Buscó dentro de su bolsa y sacó algo pequeño.

Una pluma blanca.

La extendió hacia mí con un gesto pausado.

La tomé con cuidado. Era ligera, pero al sostenerla, sentí algo más que su suavidad. No era solo un objeto. Era un mensaje.

El viajero la observó y asintió, como si viera en ella algo que yo aún no comprendía.

—Vi un águila en lo alto —dijo con la serenidad de quien habla de algo más grande que él mismo.

Elevó la mirada, como si en su memoria aún quedara la imagen viva.

—Me enseñó que la verdadera libertad no está en llegar, sino en cómo eliges avanzar.

Sus palabras se asentaron en mí como una verdad que no necesitaba explicación.

—El camino no se conquista —continuó—, se comparte.

Bajé la mirada a la pluma.

Era tan liviana en mi palma que casi no parecía real, pero dentro de mí lo era. Contrastaba con el peso del cansancio, las dudas y todo lo que había cargado hasta ahora.

El viajero me observó con calma.

—¿Estás lista para seguir?

No había juicio en su tono. Tampoco prisa. Sabía que no tenía una respuesta. No la necesitaba.

Antes de que pudiera decir algo, dio un paso adelante y colocó su mano sobre la mía, cubriendo la pluma. Su tacto era firme, pero sin dureza. Cálido sin ser invasivo. No imponía. Solo transmitía algo que las palabras no podían explicar.

—Recuerda esto: el peso no desaparece, pero puedes aprender a llevarlo con ligereza.

Soltó mi mano con la misma naturalidad con la que había llegado y retrocedió. No esperó confirmación ni buscó una reacción en mi rostro. Simplemente se dio la vuelta y siguió.

Lo vi alejarse, sus pasos desvaneciéndose en la distancia mientras se levantaban pequeñas nubes de polvo, borrando su figura poco a poco. Pero su presencia quedó conmigo.

Apreté la pluma entre mis dedos.

—Tal vez no es la preparación lo que nos hace avanzar, sino la voluntad de seguir adelante.

No había nadie allí para responder. Solo el cielo abierto sobre mí y el sendero que aún no comprendía.

El crujido de las hojas secas bajo mis pies se mezclaba con el roce de las ramas entre sí, marcando la distancia creciente entre mi hogar y lo desconocido. Apenas habían pasado unas horas desde que había dejado la aldea, pero su eco seguía conmigo. La brisa helada se aferraba a mi piel, impregnado del aroma a tierra húmeda y resina de pinos. Era un olor liberador, pero también un recordatorio de la inmensidad que me rodeaba.

Llevé la mano al bolsillo de mi chaqueta y sentí el papel doblado bajo mis dedos. La carta de mi madre. No la había abierto, pero su sola presencia bastaba. Era un ancla, un lazo invisible con lo que había dejado atrás.

Pero, entonces, la duda irrumpió con fuerza.

—¿Y si este desafío es demasiado para mí?

Mis pasos se detuvieron. La incertidumbre se deslizó en mi pecho con un peso inesperado. Por un instante, sentí el impulso de volver atrás, de regresar a la seguridad de lo conocido.

Sacudí la cabeza y forcé un paso adelante.

—No. No voy a ceder.

Las palabras de mi madre resonaron con la calidez de su voz.

—No importa lo que veas allá arriba, recuerda quién eres. Y si alguna vez lo olvidas, abre la carta.

Era más que un consejo.

Era un escudo.

El sendero comenzó a perderse en la neblina. A medida que el paisaje se desdibujaba, mi mente parecía seguir el mismo destino. La montaña, con su silueta imponente, se alzaba ante mí.

—¿Cuánto de lo que creemos saber nos impide descubrir algo nuevo?

El esfuerzo pesaba más con cada paso. Mis piernas dolían y, poco a poco, una sensación distinta comenzó a instalarse en mi cuerpo. Al principio, fue solo una molestia leve, fácil de ignorar. Pero pronto se hizo más intensa. Mi garganta ardía. Mi boca estaba seca.

Intenté tragar saliva. Nada.

Pasé la lengua por mis labios, buscando alivio, pero solo encontré aspereza.

Miré la cantimplora colgada de mi mochila.

Vacía.

El golpe de la realidad fue inmediato.

Había olvidado llenarla antes de salir.

Un error tan simple, tan evitable... pero que ahora se volvía una amenaza real.

Seguí caminando, pero el clima gélido no ayudaba. Cada respiración intensificaba la sequedad en mi boca y entumecía mis extremidades. Me obligué a avanzar, a ignorar la punzada que me recordaba cuán vulnerable era sin lo esencial.

El cansancio se filtraba en mis músculos y, con él, un recuerdo emergió sin previo aviso.

Mi primer día de escuela.

El miedo que sentí entonces era tan real como la corriente helada que azotaba mi rostro.

Recordé a mi madre, arrodillada frente a mí, acomodando mi trenza con la misma paciencia con la que siempre me había enseñado a enfrentar lo desconocido.

—Solo haz lo mejor que puedas. Eso es suficiente.

No comprendí esas palabras en su momento. Pero ahora, en medio de este desafío, eran lo único que me sostenía.

—¿Qué nos mantiene en movimiento? ¿La fortaleza del cuerpo o la claridad del propósito?

El agotamiento se arraigaba en cada fibra de mi cuerpo. Mi piel estaba helada. Mi boca, seca. Y aún quedaba un largo recorrido.

Intenté recuperar el aliento, pero hasta eso dolía.

No podía seguir ignorando lo que mi cuerpo me exigía.

—Tengo que encontrar agua.

El paisaje se volvía más hostil. Los árboles nudosos se alzaban con formas retorcidas, las raíces emergían del suelo atrapando mis pasos. El sendero angosto y pedregoso parecía cerrarse a mi alrededor, como si la montaña misma me pusiera a prueba.

El sol, ocultándose tras las cumbres, teñía el entorno con un resplandor tenue, alargando las figuras sobre la tierra. Respirar se volvía más difícil.

Seguí adelante. A pesar de la sed. A pesar de la fatiga.

Entonces, lo escuché.

Un murmullo leve, casi imperceptible.

Me detuve.

Las hojas secas se agitaron a mi alrededor, como si algo invisible intentara confundirme, pero el sonido seguía ahí. Constante.

No era un eco. No era mi imaginación.

Mi corazón se aceleró.

Las piernas, débiles por el cansancio, encontraron una última reserva de energía. Me moví con torpeza, tropezando con las piedras, sintiendo cada obstáculo como una prueba más.

Y, finalmente, lo vi.

Entre las rocas, el agua corría con calma.

Me arrodillé sin pensarlo.

No bebí de inmediato.

Sumergí las manos en el agua helada, sintiendo su cosquilleo recorrer mis dedos. Solo entonces me permití aceptar lo evidente.

Había creído que la voluntad era suficiente.

Pero no podía seguir exigiéndole a mi cuerpo sin darle lo que necesitaba.

Llevé un poco de agua a mis labios.

El alivio no fue inmediato, pero se expandió dentro de mí. Bebí con lentitud, dejando que el líquido disipara el ardor de mi garganta y devolviera claridad a mi mente.

Llené la cantimplora.

No cometería el mismo error otra vez.

Me quedé un momento más junto al arroyo, observando cómo el agua seguía su curso sin esfuerzo, sin luchar contra nada.

Tal vez esa era la verdadera enseñanza.

Antes de aspirar a lo grande, debía atender lo esencial.

Saqué la pluma del águila de mi mochila y la sostuve un instante, dejando que la brisa la meciera.

La contemplé antes de guardarla de nuevo.

Cuando me puse de pie, la niebla volvía a rodearme, pero esta vez no la sentí como una amenaza.

El agua me había dado la primera gran lección.

Avancé.

—Vamos, camino... muéstrame tu siguiente desafío.

El viaje continuaba.

Y yo también.

Capítulo 4

Refugio interior

Detenerse no siempre es rendirse; a veces, es un acto de sabiduría. Una pausa consciente nos permite reconectar con lo que somos y reelegir hacia dónde queremos caminar... con más claridad, más fuerza y más significado.

El día llegaba a su fin, tiñendo las cumbres con un resplandor rojizo que pronto se disiparía. Las siluetas de los árboles se alargaban sobre la roca, y el aire, cada vez más cortante, rozaba mi piel con una persistencia que calaba hondo. Pero no era solo esa frialdad lo que me inquietaba. Había algo en la montaña, invisible pero presente, como si aguardara el momento en que algo dentro de mí decidiera despertar.

La última chispa de luz titiló antes de extinguirse por completo. Con la caída del día, la montaña ya no solo se alzaba ante mí, sino que me rodeaba, desdibujando los límites entre lo real y lo imaginado. Una corriente gélida empujaba con insistencia, como si delimitara su propio territorio.

Un escalofrío me recorrió la espalda.

Sentí el peso del ambiente cerrarse sobre mí, como si algo invisible se posara sobre mis hombros. No estaba segura de si era cansancio o el eco de mis propios pensamientos envolviéndome en su incertidumbre.

—Buenas noches, Alma —dije en voz baja, dejando que mis propias palabras rompieran la quietud.

No fue un simple hábito. Me lo dije como quien necesita recordarse que sigue siendo alguien en medio de la inmensidad. Como si, al pronunciar mi nombre, pudiera anclarme al presente y no perderme en la vastedad de la montaña.

Seguí avanzando con cautela. El sendero se volvía más incierto, bordeado por árboles que se cerraban a mi paso como si quisieran proteger algo que aún no debía ver. Las ramas se inclinaban levemente, movidas por una corriente sutil que no lograba disipar la sensación de vigilancia. Rozaban mis brazos con una delicadeza inquietante, como si el bosque mismo me pusiera a prueba.

Cada paso exigía más atención. El suelo era irregular, traicionero, y la humedad lo volvía resbaladizo. Me movía despacio, tanteando el terreno con el peso justo para no desestabilizarme. A cada avance, sentía que la montaña latía a su propio ritmo, marcando el compás de mi camino.

El aire comenzó a cambiar. Más denso, más cargado de humedad.

Un escalofrío recorrió mi nuca.

Fue entonces cuando lo vi. Entre los árboles, la silueta de una formación rocosa se recortaba contra la obscuridad del cielo. Su forma era irregular, casi como si la misma montaña se hubiera abierto en un pliegue inesperado.

Me acerqué con pasos medidos. La piedra era oscura, rugosa al tacto. La humedad se filtraba en el ambiente, impregnándolo con un aroma terroso.

Y ahí, en medio de la nada, una imagen oscura apenas perceptible entre la roca.

Una cueva.

El hallazgo me arrancó una risa breve y entrecortada, como si la montaña, en su inmensidad, me ofreciera una tregua inesperada.

Me quedé de pie frente a la entrada, sintiendo la frágil frontera entre la tormenta rugiendo afuera y el vacío oscuro que se abría ante mí. El agua resbalaba por mi rostro y el frío se filtraba hasta mis huesos, pero no era solo el clima lo que me detenía. Había algo más. Una voz interna, silenciosa pero firme, que pedía atención.

—¿Cómo podemos distinguir el momento de avanzar del momento de pausar... para cultivar dentro de uno mismo la claridad, la calma y la fuerza que afuera aún no podemos encontrar?

No esperé respuesta. Tal vez porque, en el fondo, ya la tenía.

Di un paso adelante. Luego otro.

Apenas crucé la boca de la cueva, una última ráfaga de viento alborotó mi cabello y me empujó con suavidad hacia el interior, como si una presencia imperceptible me invitara a hacer una pausa. La cueva absorbió de inmediato el estruendo de la tormenta. Solo quedaron el eco de mis propios pasos, el goteo constante del agua filtrándose entre las rocas y el leve vaivén de mi pulso, apenas perceptible, como si incluso mi aliento se adaptara al silencio profundo del lugar.

Me apoyé contra la pared y exhalé con dificultad. El dolor seguía ahí, acumulado en cada músculo, en cada latido, en cada pensamiento.

Cerré los ojos por un instante. Afuera, los relámpagos iluminaban la lluvia con destellos fugaces, pero dentro, la oscuridad era un refugio. Observé el agua deslizándose por las paredes en hilos brillantes, dibujando caminos sobre la piedra con paciencia infinita. Cada gota encontraba su curso sin resistirse, sin dudar.

La montaña no me castigaba. Solo me pedía que escuchara.

El eco de la tormenta se fue apagando: el agua golpeando el suelo, el ritmo de mi cuerpo volviéndose más sereno.

Moví los dedos sobre la roca húmeda, buscando anclarme a algo tangible. A algo real.

Fue entonces cuando lo vi.

Un pequeño destello de color atrapado entre las grietas de la piedra.

Me incliné con cuidado. El cuerpo protestó de inmediato, recordándome cada caída, cada impacto, cada momento en que había absorbido el peso del camino. Pero no me detuve.

Ahí estaba.

Una flor.

Pequeña, rosada, con gotas de agua deslizándose por sus pétalos.

Su presencia parecía improbable en un lugar tan inhóspito. Apoyada en la piedra, sin raíces visibles, sin tierra blanda que la cobijara. Sin embargo, allí estaba.

Deslicé la yema de los dedos por su superficie. No se deshacía. No se doblaba ante la humedad de la cueva.

Por un instante, contuve el aliento.

Una presión suave me cerró el pecho, como si la emoción buscara abrirse paso sin palabras. Era esa mezcla de fragilidad y asombro que aparece cuando algo pequeño te recuerda lo esencial.

—¿Cuántas veces esperamos a que todo esté perfecto para florecer cuando ya tenemos dentro la fuerza para resistir incluso en medio de tormentas?

Me recosté en la roca, dejando que el peso de la mochila se deslizara de mis hombros. No la sentí como una carga, sino como un compendio de todo lo que aún me sostenía.

Rebusqué entre mis cosas hasta encontrar la carta de mi madre. No la abrí. No hacía falta. La sostuve entre los dedos y cerré los ojos por un instante, dejando que su presencia me envolviera.

Saqué la manta de mi mochila y me cubrí con ella, buscando algo de calor. El aroma a lavanda aún se aferraba a la tela, ese mismo olor que siempre llenaba nuestra casa.

Lavanda y hogar.

El recuerdo de mamá, su voz suave, cada palabra dicha y todas las que nunca pronunció, me abrazaron con la misma calidez que la manta que ahora presionaba contra mi rostro.

Abrí el mapa de Dina y lo desplegué con cuidado. Pasé la yema de los dedos sobre sus trazos, siguiendo los caminos que otros habían recorrido antes que yo. No eran solo líneas en el papel, sino huellas de quienes, como yo, habían buscado respuestas en esta montaña.

Escudriñando entre mis cosas, mis dedos toparon con el pequeño espejo. Lo sostuve, sintiendo su peso y la frialdad del cristal contra mi piel.

Un relámpago iluminó la cueva. Por un instante, mi reflejo apareció ante mí, pero no era el rostro de alguien abatido por la tormenta.

El brillo del espejo se apagó con la luz, pero la imagen permaneció en mi mente.

No era el rostro de alguien sin respuestas.

Era el de alguien que, a pesar del cansancio, seguía en pie.

Aferré la manta con más fuerza antes de guardarla junto a la carta de mi madre. Afuera, la lluvia seguía golpeando la montaña, pero algo en mí ya no lo interpretaba igual.

Al salir de la cueva, la brisa me alcanzó, fría pero revitalizante. Cerré los ojos un instante, permitiendo que ese contacto renovara lo que el cansancio aún retenía en mí. La montaña seguía imponente, pero algo en mí había cambiado.

Avancé, notando cómo el terreno se volvía más firme bajo mis pies. A lo lejos, un árbol solitario se recortaba contra el cielo. Crecía en medio de la roca desnuda, con raíces que se aferraban al suelo mientras sus ramas se movían con las corrientes sin oponerse.

Me acerqué, extendiendo la mano hasta tocar su tronco áspero. Cada grieta en la corteza era un testimonio de los años, de lo que había soportado sin romperse.

Entonces, la vi.

Tallada en la madera, una palabra simple, pero con un peso inmenso:

Paz.

Mis dedos recorrieron las letras con suavidad. La madera había absorbido el tiempo, guardando el mensaje como si esperara ser descubierto en el momento preciso.

—¿La paz es algo que llega o algo que elegimos construir con cada decisión que tomamos, incluso en medio del caos?

Observé con más atención las raíces firmes del árbol, su tronco marcado, sus ramas que no luchaban contra la tormenta, sino que la atravesaban.

La imagen del anciano en la plaza apareció en mi mente. Su amuleto gastado entre los dedos, su voz serena y su advertencia antes de mi partida:

"Lleva paz en tu corazón. Esa será tu mayor fortaleza".

—¿Fue él quien dejó esta inscripción?

Lo imaginé, paciente, tallando cada letra sin esperar reconocimiento. Solo dejando un rastro, un mensaje para quien lo necesitara. Para alguien como yo. Para cualquiera que, en medio del caos, buscara un instante de calma.

Él nunca llegó a la cima. Pero su huella permanecía.

Comprendí entonces que no se trataba solo de llegar, sino de lo que dejamos atrás. Cada palabra, cada acción, cada paso podía ser un faro para alguien más. Tal vez nunca lo sabríamos, pero eso no lo hacía menos importante.

Toqué la inscripción una última vez.

Incluso en la tempestad, siempre hay un espacio para sembrar calma.

Me alejé con paso firme. La montaña seguía ahí. Su peso, sin embargo, ya no era el mismo. No porque el camino se hubiera vuelto más fácil, sino porque yo había aprendido a caminar con él.

Cuando regresé a la cueva, el contraste entre la humedad del refugio y la claridad dentro de mí era innegable. Me apoyé contra la roca, sintiendo su dureza en la espalda.

El descanso no siempre era cómodo. Pero también era parte del camino.

Cerré los ojos.

La flor y el árbol me habían mostrado lo que las palabras no podían explicar.

Aquella flor, con su fragilidad, me habló de la resiliencia silenciosa. Esa que florece incluso en lo inhóspito, sin pedir permiso ni esperar condiciones perfectas.

Y el árbol, con su corteza marcada por los años y aquella palabra tallada en su tronco, me recordó que la paz no es un regalo del entorno. Se cultiva dentro, en los pensamientos que elegimos alimentar y en las acciones que decidimos tomar.

No podía controlar lo que encontraría más adelante.

Pero sí podía decidir quién quería ser ante ello.

Y en ese instante, comprendí que no siempre se trata de seguir subiendo por subir…sino de detenerse lo suficiente para enraizar lo que dará fuerza al siguiente paso.

Capítulo 5

Vuelo del corazón

La gratitud es la raíz
silenciosa de todas las
virtudes. No depende
de lo que ocurre, sino
de cómo elegimos mirar
la vida. En medio de
cualquier desafío, es
ella quien nos eleva, nos
sostiene y nos recuerda
que, mientras haya
vida, siempre habrá
esperanza… y razones
para agradecer.

*L*a noche se asentó con una densidad que lo envolvía todo, apagando los últimos rastros de luz. No era solo la oscuridad lo que pesaba, sino el vacío que parecía absorberlo todo, amplificando incluso el sonido de mi propia respiración. El aire se volvía cada vez más áspero, calando hasta los huesos, como si quisiera instalarse en los rincones más ocultos de mi interior. Sin embargo, la soledad que mi mente insistía en señalar no era del todo real. Había algo más. Un latido sutil en la inmensidad. No estaba sola.

Dentro de la cueva, mi refugio temporal, el sonido tenue de mi aliento se expandía entre las paredes de piedra. Deslicé la mano por la roca; su aspereza bajo mis dedos me anclaba al presente. Afuera, el viento se filtraba entre las grietas, mezclándose con mis pensamientos.

Entonces, lo escuché.

Un sonido sutil.

Un aleteo débil pero persistente.

Al principio, creí que era un eco más de la montaña. Pero volvió. Más nítido. Más insistente.

Algo en su ritmo rompió el letargo de mi introspección.

—¿Qué revela el silencio cuando elegimos escucharlo con todos los sentidos abiertos?

El aleteo pareció responder, cortando la quietud con su constancia. No era un ruido perdido en la noche; era una señal que no podía ignorar.

Permanecer inmóvil nunca había sido la respuesta.

Con un esfuerzo que me recordó cada golpe recibido en el camino, me puse de pie. Cada músculo parecía resistirse, pero no podía quedarme allí. El suelo húmedo cedía con cada paso, el barro pegajoso se aferraba a mis botas, dificultando el avance. La luz tenue de la luna proyectaba sombras difusas, dando forma a siluetas inciertas. La corriente helada rozaba mi piel y tensaba mis músculos con cada ráfaga. Me apoyé en la pared de la cueva, dejando que la textura irregular de la piedra me ofreciera estabilidad.

El aleteo volvió, más cerca.

Cada sonido era una llamada, una insistencia imposible de ignorar.

Avancé con cautela, sintiendo que cada paso me adentraba más en la noche y, al mismo tiempo, en mí misma.

La imagen de Miguel apareció en mi mente sin previo aviso. Su mirada tras regresar de la montaña, la distancia en sus ojos… Como si una parte de él hubiera quedado atrapada allá arriba, en un lugar al que ninguno de nosotros podía acceder.

—¿Es eso lo que me espera? —El pensamiento pesó más de lo que esperaba—. ¿Voy a perder algo de mí en este viaje? ¿O hay algo allá arriba que lo cambió para siempre?

El aleteo rompió mis dudas.

Avancé. No porque tuviera respuestas, sino porque quedarme quieta ya no era una opción.

Mis ojos, adaptados a la penumbra, distinguieron una silueta inmóvil entre las hojas secas. Me detuve.

—¿Qué es eso?

Di un paso, luego otro, sintiendo cómo mi pecho se contraía con cada movimiento. Cuando finalmente la vi, atrapada entre la sorpresa y algo más difícil de nombrar.

Era un ave.

Su frágil cuerpo temblaba al intentar moverse, pero una de sus alas colgaba con rigidez. Herida. Vulnerable.

Me incliné un poco, con cautela. El miedo me ancló un instante.

—¿Y si no puedo hacer nada? —El pensamiento se deslizó en mi mente—. ¿Y si tengo que verla caer y no hay nada que pueda hacer para evitarlo?

Sentí una opresión en el pecho. La idea de abandonarla me golpeó con más fuerza de la que esperaba.

No era solo su lucha. Era la mía.

—¿Y si le hago más daño? —la pregunta surgió desde lo más profundo de mí—. Y si, al intentar ayudarla, ¿termino siendo su perdición?

Mis manos temblaron, pero no por el frío. Era algo más significativo.

Dudar. Contenerme. Había sido mi refugio tantas veces. Quedarme quieta, esperar a que las respuestas llegaran, convencerme de que la pasividad me protegía.

Pero la pasividad, con el tiempo, se convertía en una jaula.

—¿Qué me detiene realmente?

Cerré los ojos. La respuesta estaba ahí.

—No temo fallarle al ave… —tragué saliva—, temo fallarme a mí misma.

El eco de mis propios miedos retumbó dentro de mí. Recordé todas las veces que necesité ayuda y alguien se arriesgó por mí, sin certezas.

Miré al ave. Pequeña. Herida. Pero aferrándose a la vida con la determinación de quien no conoce la rendición.

—No sé si sobrevivirá… pero no se detiene.

Tomé un momento antes de responder. No podía prometerle un destino seguro, pero sí lo más importante: la voluntad de intentarlo.

Si ella seguía adelante con lo que tenía, ¿por qué yo no?

Di un paso más.

No solo por ella.

Por mí.

Cuando estuve lo suficientemente cerca, lo comprendí. La fragilidad no nos hace débiles. Nos hace humanos. Nos une.

Cada herida, cada paso incierto, era un testimonio de vida. La lucha no significaba resistencia obstinada, sino aprendizaje, adaptación, confianza.

Me incliné con suavidad y acerqué mis manos, con la delicadeza de quien sostiene algo sagrado.

El ave, temblorosa, levantó la cabeza. Sus ojos se encontraron con los míos.

Por un instante, el tiempo se detuvo.

No necesitábamos palabras.

El ave agitó sus alas con esfuerzo, como si dudara tanto como yo.

Se tensó.

Quise retroceder. No quería asustarla.

—Juntas, heridas pero dispuestas, estamos eligiendo la vida.

Una corriente invisible agitó mi cabello, como un recordatorio. No era un obstáculo. Era parte del proceso. Permití que esa sensación recorriera mi interior.

—No se trata de certezas. Se trata de dar un paso con el corazón abierto.

Toqué sus plumas con suavidad. Su cuerpo se crispó.

No intentó huir, pero tampoco se entregó de inmediato.

Sus pequeños ojos me observaron con recelo.

—¿Podía confiar en mí?

La duda estaba en ella, como había estado en mí tantas veces.

Esperé.

—Voy a intentarlo —murmuré, sintiendo el peso de mi propia promesa—. Y si fallamos, lo haremos juntas.

El latido de su pequeño corazón vibraba contra mis dedos. Reflejaba mi propio miedo.

Pero, entonces, ocurrió algo inesperado.

El ave dejó de forcejear.

Por un instante, permaneció inmóvil.

No era sumisión.

Era un voto de confianza.

Y, sin darme cuenta, yo también cedí.

Ajusté mi ritmo interno, alineando mis latidos con los suyos.

—No tengo certezas. Pero ella ha puesto su vida en mis manos.

Con movimientos temblorosos pero decididos, inspeccioné su ala rota. No podía dudar.

Rasgué un pedazo de mi camiseta y, con una precisión que no sabía que poseía, acomodé su ala con cuidado. La envolví con un vendaje improvisado, dejando que mis manos hablaran por mí.

—Estoy aquí. No estás sola.

Saqué mi cantimplora y acerqué unas gotas de agua a su pico. Al principio dudó, pero luego bebió con timidez. En ese gesto, pequeño pero lleno de significado, sentí cómo algo en mí también se nutría.

No era solo para aliviar su dolor. También estaba encontrando algo en mí.

Porque ayudar no solo sana a quien recibe. Transforma a quien da.

Mientras observaba su ala vendada, sentí una oleada de calma y sentido. No solo por haber aliviado su dolor, sino porque, en ese acto significativo, estaba recordando lo que algunas veces olvidé: la gratitud.

—¿Cómo algo tan pequeño puede enseñarme tanto? —pensé, mirando sus ojos oscuros, que ahora reflejaban confianza.

Una calidez antigua se encendió en mi pecho, como un eco de los abrazos de mi madre cuando me aseguraba que todo estaría bien. La misma calidez que me recordaba que las batallas compartidas son las que realmente nos fortalecen.

—La valentía no está en resistir sola. Está en aceptar que no podemos hacerlo todo por nuestra cuenta.

La brisa sopló con suavidad. Y por primera vez en mucho tiempo, no lo sentí en mi contra; lo sentí a mi lado. Entendí que la verdadera libertad es aprender a volar, incluso con las alas heridas.

Me quedé en calma, mi respiración acompasada con la suya. Una parte de mí quería protegerla, asegurarse de que estuviera lista, pero otra entendía que había llegado el momento de soltar. Su vuelo ya no dependía de mí, así como mi camino tampoco dependía de nadie más.

Entonces, con un impulso tembloroso, intentó elevarse. Sus alas, aunque débiles, cortaron el aire en un movimiento errático. Se tambaleó, descendió unos centímetros, pero no se rindió.

Volvió a intentarlo.

Su lucha no era contra el viento, sino contra la duda de si podía hacerlo.

La vi encontrar su propio ritmo, sosteniéndose con determinación. No fue un ascenso perfecto. Fue un avance imperfecto pero real.

Y, de pronto, lo comprendí.

No era la fuerza de sus alas lo que la mantenía, era su decisión de seguir batiéndolas a pesar de todo.

La seguí con la mirada mientras desaparecía en la inmensidad del cielo, y percibí que algo dentro de mí también se desprendía, como un peso que ya no tenía razón de cargar.

Relajé mi cuerpo y dejé que cada exhalación aligerara la carga invisible que aún quedaba en mi interior.

El viento se enredó en mi cabello, revolviendo mechones sueltos a mi alrededor. Pero esta vez no lo percibí como un obstáculo. No me empujaba hacia atrás ni me desafiaba.

Me invitaba a avanzar. A confiar.

Ajusté la mochila sobre mis hombros, sintiendo el peso familiar contra mi espalda. Decidí dejar atrás el refugio y continuar con mi camino.

—¿Cuánto de lo que no suelto ya no me pertenece y solo me impide dar el siguiente paso?

Cada paso era una despedida, un desprendimiento de lo que ya no tenía lugar en mi camino. La pendiente se extendía frente a mí, incierta, impenetrable, pero por primera vez no me sentí intimidada. El horizonte seguía oculto, pero no significaba que no estuviera allí.

Avanzar no era saberlo todo. Era confiar en que cada paso me revelaría lo que necesitaba en el momento justo.

Mientras me alejaba de la cueva, sentí su sombra detrás de mí, no como una atadura, sino como un recordatorio: siempre podría volver, pero elegía seguir adelante.

El eco de mis propios pasos se desvanecía en la oscuridad, como si la montaña quisiera guardar silencio ante lo que estaba por venir.

Por primera vez, no busqué respuestas. Solo sostuve el instante. No sabía cuánto aún me faltaba por transitar en esta travesía, pero algo en mí se estaba transformando.

Me acomodé la mochila sin pensar, como quien se alista sin saber del todo para qué. Y avancé con el peso justo, la certeza ausente y una sola decisión viva: continuar.

Capítulo 6

Enfrentamiento con las sombras

Las sombras no desaparecen, se reconocen. Y al hacerlo, podemos colocarlas detrás, donde ya no bloqueen nuestro camino… Solo así permitimos que la claridad y la luz guíen con más fuerza cada paso hacia adelante.

l aire de la montaña mordía mi piel, pero lo que realmente pesaba no era el clima, sino el desgaste acumulado en mi cuerpo. Cada paso ardía en mis piernas, la mochila se aferraba a mi espalda como una carga invisible y mi aliento se volvía escaso.

Mi cuerpo luchaba por seguir.

—¿Qué es lo que realmente pesa?

El pensamiento irrumpió con la misma crudeza con la que las ráfagas cortaban mi rostro.

No era la carga en mis hombros. Era la certeza de que estaba sola.

Las ráfagas silbaron entre las rocas. Nadie recorrería este camino por mí. No había atajos, ni manos tendidas al final.

Di otro paso.

La montaña permanecía inmutable, indiferente a mi esfuerzo. Nada cambiaba.

Cada músculo exigía descanso, cada articulación ardía, pero detenerme significaba aceptar la derrota.

Un pensamiento cruzó mi mente.

—¿Y si resbalo?

La pregunta no era nueva. No nacía del miedo presente, sino de un recuerdo enterrado en mi cuerpo.

Tenía ocho años cuando entendí que un solo instante puede cambiarlo todo.

Jugábamos en la nieve. Miguel, Ángel y yo nos lanzábamos cuesta abajo, deslizándonos sin miedo, con la corriente helada cortándonos el rostro y la risa expandiéndose en el ambiente. No existía la posibilidad de caer. Solo la emoción del descenso.

Hasta que todo cambió.

Un resbalón. Un giro mal calculado.

De pronto, el control se esfumó.

El suelo dejó de sostenerme y mi cuerpo se precipitó ladera abajo. La nieve raspó mi piel, las sombras giraron a mi alrededor, el mundo entero se convirtió en una vorágine de movimiento sin rumbo. Luego, el impacto. Seco. Cortante. Un dolor fugaz, pero la angustia se quedó mucho más tiempo.

Miguel corrió hacia mí, su rostro reflejaba el miedo que yo aún no podía comprender. Ángel intentaba tranquilizarme, pero yo solo sentía el hielo atravesando mi espalda y la extraña sensación de que el suelo ya no era un lugar seguro.

La herida cerró, pero la cicatriz permaneció. Y con ella, la lección: el camino puede ser hermoso, pero exige respeto.

Un trueno desgarró el cielo.

La ráfaga gélida me golpeó con fuerza, arrancándome de golpe del pasado. Mi cuerpo entero se tensó ante la inminencia de la tormenta.

—No te distraigas. No te confíes.

Pero la montaña no espera a que aprendas.

El suelo volvió a ceder bajo mis pies.

El vacío me arrastró.

No hubo tiempo para reaccionar.

En un instante, todo se convirtió en golpes y caída.

Rodé por la pendiente, rebotando contra piedras y raíces que no lograban frenar la embestida. Intenté sujetarme de algo, cualquier cosa, pero solo encontré barro y rocas sueltas que descendían conmigo.

La lluvia se mezclaba con el ardor de cada rasguño, pero nada dolía tanto como la certeza de que no podía detenerme.

Hasta que el impacto llegó.

Un tronco me detuvo de golpe. Un dolor punzante se expandió por mi costado, inmovilizándome mientras la tormenta rugía sobre mí, indiferente a mi presencia.

Intenté recuperar el aliento. Mi cuerpo temblaba, una mezcla de agotamiento y la inercia de la caída aún recorriéndome los huesos.

—¿Y ahora qué?

Mi propia voz sonó débil, diluyéndose en la inmensidad de la noche. Nadie respondió. Solo yo.

Parpadeé varias veces, obligándome a enfocar la vista. No podía quedarme ahí. Tenía que moverme.

Me incorporé lentamente, cada movimiento era una batalla contra el dolor.

Entonces, el silencio se hizo repentino.

Me detuve y miré a mi alrededor.

No había nadie.

Mis piernas cedieron levemente, como si por un instante olvidaran cómo sostenerme.

—No puedo más.

Las palabras se deslizaron de mis labios sin sorpresa, esperando a que todo dentro de mí colapsara.

Cerré los ojos.

—¿Y si me quedo aquí?

Si me rendía, nadie me detendría. Si cerraba los ojos y no los abría, nadie me llevaría de vuelta a casa.

De pronto, una ráfaga salvaje barrió la montaña, estremeciendo el entorno con la misma fuerza que agitaba mis pensamientos.

Recordé el ave en mis manos. Pequeña, herida... y, aun así, alzó su vuelo alcanzando nuevas alturas.

—No esperó a sentirse lista. Simplemente lo hizo.

Abrí los ojos.

El impulso volvió a sacudirme, pero esta vez mis pies se mantuvieron firmes.

Un recuerdo me alcanzó con la misma crudeza que el frío.

El festival en la aldea.

Las risas, el bullicio de la gente, el resplandor de las antorchas iluminando los rostros expectantes. Había creado algo auténtico, algo que vibraba con sentido. Lo supe en la emoción que me atravesó al compartir mis ideas, convencida de que podían generar un cambio.

Por un instante, me sentí plena.

Hasta que ella habló antes que yo.

Mi amiga, la persona en quien confiaba.

Con esa seguridad serena que siempre la había acompañado, tomó mis ideas y las vistió con su voz. No lo hizo con malicia; simplemente ocupó el espacio que yo no me atreví a reclamar.

Cada concepto, cada esfuerzo de noches sin dormir, cada inspiración que había nacido de mí tomó forma en su voz.

Y la aldea la escuchó.

No protesté. No grité. Me quedé ahí, inmóvil, viendo cómo los aplausos estallaban a su alrededor, mientras yo me desvanecía entre la multitud.

El orgullo que había sentido momentos antes se evaporó, dejando un vacío helado en mi pecho.

No porque ella me hubiera traicionado.

Sino porque permití que su voz tuviera más peso que la mía.

Quizá no fue una traición… tal vez simplemente yo no hablé a tiempo.

Las ráfagas gélidas de la montaña me golpearon el rostro, sacudiéndome con la misma intensidad que aquel recuerdo.

—¿Cuántas veces dejamos en manos de otros la medida de nuestro valor, incluso cuando no nos conocen realmente?

Mis piernas se afianzaron con dificultad sobre la pendiente, no por falta de fuerza, sino por la verdad que ya no podía seguir ignorando. No fue su voz la que me hizo sentir invisible. Fue mi propio silencio.

Las palabras de mi madre regresaron con la misma ternura con la que me cepillaba el cabello algunas noches antes de dormir:

—A veces olvidamos escucharnos, Alma, porque aprendimos a creer que las voces externas suenan más fuerte que la nuestra. Pero la verdad, hija, es que nadie puede conocer tu camino mejor que tú misma.

Había ofrecido mis ideas al mundo como si necesitaran ser validadas para existir.

—¿Por qué creí que mi creatividad necesitaba permiso para ser valiosa?

Como si la belleza de lo que nace de uno mismo solo pudiera existir bajo el aplauso.

El problema nunca fue que alguien más se llevara el crédito.

El verdadero conflicto fue no haber reconocido que mi voz tenía un lugar y haberla silenciado por miedo a no ser suficiente.

Mis ideas no valían por ser aplaudidas. Valían porque nacieron de mí, con cada desvelo, con cada intento.

Mis dedos entumecidos se aferraron a la roca más cercana. Cada músculo en mi cuerpo pedía descanso, pero entendí que detenerme significaría volver a caer en la misma sombra de dudas.

—¿Quién sino uno mismo puede determinar cuánto significan nuestros pasos, ideas, voz en el camino de nuestra propia vida?

El viento silbó entre las rocas, pero esta vez no sentí que me arrastraba.

—¿Y si al dejar de buscar validación entendiéramos nuestras fortalezas y comenzáramos a ofrecer lo mejor de nosotros, no para ser reconocidos, sino para compartir desde lo que ya sabemos que somos?

Frente a mí, la montaña se alzaba imponente, oscura.

Dejé que la brisa despejara mi mente. Me puse de pie, sintiendo el peso de mi cuerpo y, al mismo tiempo, la ligereza de una mayor claridad. Sacudí el polvo de mis manos, ajusté la mochila y miré el sendero. La corriente cambió su rumbo, ya no me empujaba hacia atrás, ahora me acompañaba.

Dejé que el aire fresco disipara la niebla de pensamientos que me había atrapado durante tanto tiempo.

—Debo confiar en mis pasos —me dije en voz baja—. No porque sean perfectos, sino porque son míos.

Un destello en el cielo llamó mi atención. El ave había regresado.

No esperaba que el clima cambiara. Simplemente avanzaba. No necesitaba un cielo despejado para volar, solo la decisión de hacerlo.

Continué caminando.

Saqué el mapa, pero las ráfagas lo sacudieron con violencia, como si intentaran arrebatármelo. El sendero señalado era fangoso e incierto.

—¿Y si cada uno de nosotros tiene la libertad, pero también el derecho y la responsabilidad de trazar su propio camino?

Cerré los ojos, guardé el mapa y confié en mi intuición para seguir.

Una ráfaga repentina me golpeó el rostro, levantando polvo y desdibujando el sendero. Instintivamente, cubrí mi cara mientras el cansancio se aferraba a mi cuerpo.

Pero avancé.

Un paso más. Luego otro.

Capítulo 7

La carta

El miedo intenta
detenernos con ruido,
pero el amor guía en
silencio con verdad.
Cuando elegimos el
amor como camino,
no solo vencemos al
miedo… sembramos
la paz que el
mundo necesita.

El rugido del cielo era un eco de la batalla que llevaba dentro. El viento azotaba mi cuerpo con una brutalidad que parecía querer arrancarme de la montaña y arrancarme de mí misma. No era solo el impacto del clima lo que me golpeaba, sino el caos, la confusión que traía cada ráfaga, desordenando mis pensamientos, sacudiendo lo que intentaba sostener con firmeza.

La bruma lo devoraba todo. No podía ver el sendero ni el horizonte ni siquiera mis propios pies. Avanzaba a ciegas, sintiendo cómo el lodo cedía bajo mis botas, atrapándome en una lucha constante por mantenerme en pie. Las piedras traicioneras rodaban con cada paso, obligándome a reajustar mi equilibrio una y otra vez.

Mis manos entumecidas se aferraron a la roca más cercana. Su aspereza se clavó en mi piel, pero no me solté. Necesitaba sentir algo sólido, algo que me anclara a ese instante. Porque lo que más pesaba no era el cuerpo agotado, sino la claridad que apenas comenzaba a tomar forma: sabía que el camino era mío, pero aún no encontraba dirección.

La lluvia golpeaba con furia, congelando mi piel. La ropa empapada se adhería a mi espalda, y cada fibra de mi ser parecía quebrarse bajo la humedad implacable. Respirar se volvió difícil, como si el entorno estuviera cargado de todo lo que aún no terminaba de soltar.

Y, entonces, resbalé.

El suelo desapareció bajo mis pies. Por un instante, floté en el vacío antes del impacto brutal contra la tierra. Un golpe seco en las costillas me arrancó el aliento.

No intenté levantarme.

Boca arriba, miré el cielo cubierto de nubes. La lluvia resbalaba por mi rostro, borrando la línea entre mis lágrimas y el mundo que se desdibujaba a mi alrededor.

Había avanzado con convicción, sí.

Pero ahora la pregunta era otra, más profunda:

—¿Qué sentido tiene esta travesía si no soy capaz de reconocer lo que en verdad me sostiene?

Me arrastré con esfuerzo hasta una roca grande, un cobijo mínimo contra la tormenta. Me acurruqué, abrazando mis piernas, intentando calmar la agitación que sacudía mi cuerpo sin control. No estaba segura si era el cansancio o la verdad que comenzaba a revelarse entre el dolor y el silencio.

Cerré los ojos.

—¿Por qué nos aferramos tanto a la cima como si ahí se definiera el verdadero significado de nuestro viaje?

La pregunta no era una duda.

Era una búsqueda más profunda.

Porque lo que me trajo hasta aquí ya no era lo que me sostenía.

Y eso también era parte del viaje.

Mi mano buscó dentro de la mochila, más por instinto que por certeza, como si en su interior pudiera hallar algo que me recordara por qué seguía caminando.

Mis dedos tropezaron con algo familiar: la manta.

Tiré de ella con torpeza, sintiendo su peso empapado entre mis manos. La acerqué a mi rostro, buscando en su tacto la calma que el entorno no me daba.

A pesar de la humedad, el aroma a lavanda persistía. Débil, como un eco del pasado, pero aún ahí.

Cerré los ojos.

Y el recuerdo emergió con una claridad abrumadora:

Mi madre.

La vi en mi mente, doblando la manta con la paciencia de siempre, deslizándola entre sus manos con ese gesto firme y amoroso que conocía tan bien.

—Llévala contigo, por si acaso —me había dicho.

Ahora entendía ese "por si acaso".

Las lágrimas escaparon sin permiso. Abracé la manta con fuerza, como si en su tela aún quedara el calor de su abrazo, como si pudiera absorber su certeza.

Mis dedos rozaron algo más.

Un borde de papel. Contuve el aliento. Revolví la mochila con cuidado, sintiendo como cada movimiento cargaba una urgencia contenida, hasta encontrarla:

La carta.

Siempre había estado ahí. Esperando este momento.

La tormenta continuaba con su furia, pero nada de eso importó cuando sostuve el sobre arrugado entre mis manos.

Lo acerqué a mi pecho, protegiéndolo. Porque en el fondo sabía que dentro de esas palabras estaba lo único que aún podía sostenerme.

Contuve el aliento y la abrí.

Hija, si estás leyendo esto, significa que el camino ha comenzado a hablarte. Y si te habla, es porque estás lista para escuchar.

Cuando emprendí mi propio viaje, creí que la respuesta me esperaba en la cima, que al llegar todo tendría sentido. Pero estaba equivocada. No encontré certezas... encontré una pregunta.

Desde lo alto, vi el horizonte extenderse sin límites, un cielo inmenso que no terminaba nunca. Pensé que sentiría alivio, pero en su lugar sentí vértigo. Porque comprendí que la cumbre no era un destino, sino el comienzo de algo más grande.

Lo valioso no es lo que descubrimos al llegar, sino lo que dejamos atrás en el trayecto. Cada avance, cada caída, cada temor enfrentado... eso es lo que realmente nos transforma.

Por eso, Alma, no subas esperando que la cima te revele quién eres. Cada día que avanzas, cada obstáculo que superas, cada noche que atraviesas, ya te están mostrando la respuesta.

No mires solo hacia arriba. Observa lo que te rodea. El sendero te hablará en los detalles: en la manera en que el aire cambia, en la textura de la tierra bajo tus pies, en el frío que te obliga a seguir moviéndote. Escúchalo. No estás aquí para vencerlo, sino para comprenderlo.

Cuando alcances la cumbre, no te preguntes qué has encontrado. Pregúntate qué has dejado atrás. Y cuando regreses, hazlo siendo la mujer que esta experiencia ha despertado en ti.

Te amo con todo mi corazón. Y siempre, siempre estaré contigo. Mamá.

Sostuve la carta entre mis dedos, sin atreverme a soltarla.

No hablaba solo del viaje.

Hablaba de mí.

De la persona que había sido y de la que aún podía llegar a ser.

La tormenta seguía rugiendo, pero su sonido ya no se sentía como una amenaza. Era el mismo viento, la misma lluvia golpeando la roca, pero su ritmo había cambiado, como si en su caos se ocultara un mensaje que hasta ahora no había sabido escuchar.

La fuerza que antes parecía querer arrancarme de la montaña seguía presente, pero ya no empujaba con hostilidad. Solo me recordaba que aún estaba en movimiento.

Un nudo se deshizo en mi pecho. Las lágrimas llegaron, pero no fueron de desesperación. Eran de alivio, de gratitud, de algo más que se extendía dentro de mí con una calidez inesperada.

Miré la carta de nuevo, sus bordes arrugados, las palabras de mi madre vibrando en mi interior como si acabara de escuchar su voz.

Cada día que avanzas, cada obstáculo que superas, cada noche que atraviesas, ya te están mostrando la respuesta.

No había otra señal. No había una certeza esperando en la cima, ni una verdad escondida más adelante en el camino. La respuesta estaba en cada paso, en cada duda enfrentada, en la decisión de seguir incluso cuando todo parecía demasiado difícil.

—¿Qué le da dirección a mi vida?, ¿el amor o el miedo?

Cerré los ojos, sosteniendo la carta contra mi pecho, dejando que su mensaje terminara de asentarse en mí.

Abrí los ojos.

Miré la pendiente que se extendía ante mí.

Cada paso que diera, cada huella que dejara en el sendero sería la prueba de que incluso en los momentos más oscuros, en las caídas más duras, cuando todo dentro de mí quiso rendirse… siempre hubo algo que eligió seguir avanzando.

Alcé la vista.

La cima seguía oculta entre la niebla. Antes, la habría visto como un obstáculo, como un recordatorio de todo lo que aún me faltaba. Pero esta vez no me inquietó.

Porque entendí que la claridad no dependía del destino, sino de la forma en que aprendía a recorrer el camino usando mi corazón como mi brújula principal.

El miedo seguía ahí, podía sentirlo en el fondo de mi pecho. Pero su presencia era distinta. El amor lo sobrepasaba. El miedo ya no era una cadena que me anclaba, sino un compañero de viaje, y el amor era mi guía, mi dirección y mi propósito.

No se trataba de demostrar fortaleza, sino de confiar en la que ya había construido con cada caída, cada tropiezo, cada vez que me puse en pie cuando todo dentro de mí pedía detenerse.

Entonces, el cielo pareció exhalar.

Por un instante, las nubes se abrieron y un rayo de luz se filtró en el cielo.

Un destello efímero, fugaz pero suficiente.

La claridad con la que podía ver el camino radicaba en mi amor por la vida, por mi viaje y en el aprendizaje de cada paso.

El viaje y el amor, ese amor que no se pide ni se condiciona, sino que nace desde dentro, no eran tan distintos. Ambos nos enfrentan con nuestros propios límites. Ambos nos sacuden, exigen y transforman. Y justo cuando parece que ya no podemos seguir, nos revelan que la verdadera fuerza no está en resistir, sino en entregarnos sin reservas a nuestro propio camino.

Porque cuando el amor es la brújula, no necesitamos garantías. Basta con la convicción de seguir avanzando fieles a quienes somos.

Aquello que tantas veces había ignorado, mi intuición, mi sentir más genuino, resultó ser mi guía más certera.

No para esquivar el miedo, sino para atravesarlo. No para silenciar las dudas, sino para avanzar a pesar de ellas.

El amor no borra la oscuridad, pero la suaviza. No acalla al miedo, pero le quita poder. Y con cada paso guiado por ese amor por la vida, por el proceso, por quien estaba aprendiendo a ser.

Cerré los ojos un instante, dejando que la lluvia recorriera mi piel.

Ya no era castigo.

Era parte del trayecto.

Una señal más de que caminar desde lo auténtico no solo transforma el camino, nos transforma a nosotros mismos.

Ajusté la mochila sobre mis hombros. Y di el primer paso.

No porque necesitara llegar más alto.

Sino porque ahora lo sabía con certeza:

La montaña no me estaba desafiando.

Me estaba mostrando quién soy.

Y quién elijo ser.

Capítulo 8

Héroe de tu historia

Convertirnos en
alguien de quien
nuestro niño interior
se sienta orgulloso
es una decisión que
renovamos cada día. Y
en ese camino, mantener
viva la capacidad
de asombrarnos,
crear y creer nos guía
hacia una vida más
plena y auténtica.

$\mathcal{E}$l estruendo del trueno aún vibraba en mis oídos, como un eco lejano de la tormenta que había enfrentado. Aunque el viento ya no rugía con la misma intensidad, aún se filtraba en ráfagas dispersas, sacudiendo las hojas y arrastrando la humedad de la lluvia recién caída. El clima era más templado, pero la montaña retenía rastros de su furia, testigo de lo que acababa de suceder.

Sentí el suelo firme bajo mis pies. El barro aún resbalaba bajo mis botas, pero ya no intentaba derribarme. Solo me recordaba lo que había soportado.

Inspiré con lentitud, notando cómo mis músculos aún cargaban tensión. Cerré los ojos un instante, tratando de registrar la diferencia: el clima había comenzado a disiparse en el cielo, pero dentro de mí, algo también se aligeraba.

—¿Cómo se transforma el camino cuando caminamos con mayor claridad?

Abrí los ojos. El horizonte empezaba a despejarse y, entre los últimos jirones de nubes, un azul profundo emergía con firmeza, como si siempre hubiera estado ahí, esperando a ser visto. La luz regresaba poco a poco, no de golpe, sino en destellos intermitentes, como cuando el sol se filtra tras una cortina de lluvia.

Apoyé la mano en una roca cercana. Su textura áspera me ancló al presente. Entendía que la verdadera batalla no había sido con la montaña, sino con lo que yo misma había creído imposible.

—¿Cuánto de lo que me ha detenido ha sido real y cuánto lo inventé en mi mente, haciéndome sufrir más de lo necesario?

Un rayo de sol se abrió paso entre las nubes, iluminando por un instante el sendero húmedo. Fue efímero pero suficiente. La comprensión siempre encuentra su momento, no porque la exijamos, sino porque la vida, tarde o temprano, nos lo muestra.

A medida que avanzaba, la tierra bajo mis pies se sentía diferente. Cada roca marcaba el ritmo de mi movimiento, como si el paisaje mismo me recordara que estaba exactamente donde debía estar. Avanzar ya no era obligación, era una elección hecha con conciencia.

Y entonces, una imagen cruzó mi mente.

Mis primeros intentos de caminar.

Mi paso se volvió más pausado, como si mi cuerpo recordara algo que mi mente aún no comprendía.

—¿Cómo aprendí a sostenerme sobre mis propios pies?

Cerré los ojos y la imagen surgió con nitidez.

Una niña de piernas tambaleantes, avanzando con torpeza, pero sin vacilación. Sus pasos eran inciertos, pero no dudaba. No se preocupaba por la distancia ni por la posibilidad de caer, solo exploraba, confiando en que, de alguna manera, encontraría el equilibrio.

No recordaba haber sentido miedo entonces. Solo caía y me levantaba, una y otra vez, sin cuestionar si debía seguir intentándolo. Como si la idea de rendirse jamás hubiera existido en mi mente infantil.

Abrí los ojos justo a tiempo para ver a mi compañera de viaje, el ave, elevándose con la misma confianza que había tenido de niña. Sus alas cortaban el aire con precisión, sin titubeos ni resistencia. No luchaba contra el viento. Se movía con él.

—¿En qué momento de la vida tenemos que darle mayor intención a cada paso que damos? —pensé.

Caminé hasta un árbol solitario que se alzaba imponente a la distancia; su tronco firme y sus ramas extendidas como un refugio. Su presencia tenía algo familiar, algo que me invitaba a acercarme, como si siempre hubiera estado esperándome. Deslicé la palma de mi mano sobre la corteza rugosa, sintiendo la solidez de su existencia. Había una certeza en su quietud, un sostén que no necesitaba palabras.

—Qué curioso… —me dije con una sonrisa ligera—. En un mundo tan vasto, siempre podemos encontrar algo o alguien que nos dé cobijo.

Me dejé caer, sintiendo cómo mi cuerpo agradecía la pausa. Por un instante, permití que mis sentidos descansaran, dejando que todo a mi alrededor comenzara a acomodarse dentro de mí.

El agotamiento aún estaba ahí, pero ahora lo entendía de otra forma.

—¿Qué quiero dejar de mí en el mundo como huella de esta experiencia?

El sol se filtraba entre las ramas, proyectando sus destellos cálidos sobre mí. El camino ya no se sentía como una prueba que debía superar, sino como un sendero que, paso a paso, me revelaba lo que siempre había estado en mi interior.

Me acomodé mejor contra el tronco, sintiendo cómo poco a poco se disipaba el peso acumulado en mi cuerpo. Un descanso para recordar, para reencontrarme con esa parte de mí que alguna vez confió sin reservas en cada paso que daba.

—Quizás, la firmeza de cada paso que damos radica en entender para qué queremos llegar a nuestro destino.

Apoyé la cabeza contra el árbol y dejé escapar un suspiro. Mi cuerpo aún estaba tenso, pero algo en mi interior comenzaba a rendirse, no como una derrota, sino como una entrega.

La brisa soplaba suave, pero mi cuerpo aún recordaba la crudeza de la tormenta. Sentí un leve estremecimiento en las manos antes de aflojarlas, como si mi cuerpo por fin comenzara a liberar la tensión acumulada.

Mis músculos, rígidos tras el esfuerzo, parecían rendirse poco a poco. Me apoyé más contra el árbol, dejando que su solidez me brindara el descanso que mi cuerpo exigía.

Parpadeé lentamente, dejando que la quietud se asentara en mí, hasta que mis párpados se volvieron demasiado pesados para mantenerse abiertos.

No era solo agotamiento.

Era la necesidad de entregarme, por primera vez, al simple acto de ser cobijada por ese espacio, de confiar en que podía descansar.

Sin darme cuenta, el sueño me envolvió.

La montaña seguía ahí. Imponente. Eterna. Pero el mundo a su alrededor había cambiado.

Ya no había tormenta rugiendo en mis oídos y empujándome hacia atrás. El ambiente era fresco, impregnado de la calma que sigue a la lluvia.

Cada paso fluía con una ligereza desconocida, como si la montaña ya no me desafiara, sino me estuviera guiando.

Entonces, la vi.

Una niña apareció frente a mí.

Su cabello suelto y rebelde se agitaba con la brisa. Pero fueron sus ojos los que detuvieron mi avance. Eran grandes, vivos, reflejos de algo que iba más allá de la simple curiosidad infantil. En ellos, brillaba una autenticidad tranquila, una luz que reconocí sin comprender de inmediato.

Me sonrió.

No era una sonrisa cualquiera. Era una invitación, un gesto que deshacía cualquier barrera.

—¿Jugamos? —preguntó con una voz cristalina que parecía fundirse en el ambiente.

Un estremecimiento súbito me recorrió las manos. La sensación de su presencia me caló hasta los huesos. Había algo en ella que despertaba una emoción profunda, algo que no lograba nombrar. Mi pecho se contrajo y por un instante, el aire pareció quedarse atrapado entre mis pensamientos.

Pero asentí.

Corrimos juntas entre los árboles, la risa de la niña llenaba el lugar con una ligereza que hacía tiempo no sentía. La montaña, antes desafiante, ahora era parte del juego, un escenario donde el movimiento bastaba para existir.

Se detenía de vez en cuando, maravillada por pequeños detalles.

—Mira esta hoja —dijo, alzándola con cuidado entre los dedos. Sus bordes dorados capturaban la luz como si el sol mismo hubiera decidido pintarla.

Me incliné para verla. En sus ojos brillaba una fascinación tan pura, tan libre de dudas, que sentí cómo algo se detenía dentro de mí, como si por un instante no cupiera más emoción en mi pecho.

—¿En qué momento dejamos de mirar el mundo con la inocencia de quien no necesita entenderlo todo y simplemente se deja maravillar?

La niña recogió una diminuta flor blanca del suelo. La sostuvo con ambas manos y la extendió hacia mí.

—Es para ti —dijo con naturalidad—. Porque eres mi mejor amiga.

Mi pecho se encogió. La tomé con cuidado, sintiendo la sedosidad de los pétalos entre mis dedos.

—Gracias —dije sin poder evitar la emoción en mi voz.

Ella asintió y seguimos corriendo. En un impulso, la empujé sin querer. Apenas un roce, pero suficiente para que perdiera el equilibrio y cayera al suelo.

Me detuve en seco, como si la culpa hubiera golpeado desde adentro, dejándome sin aliento por un instante.

—Lo siento —dije mientras me agachaba a su lado, esperando alguna queja, una muestra de frustración. Pero en lugar de eso, soltó una risa ligera, como si el tropiezo hubiera sido parte del juego.

Se levantó con calma, se sacudió el polvo sin prisa, como si tropezar fuera apenas un detalle sin importancia.

—No pasa nada —dijo con la seguridad de quien nunca ha temido a una caída—. Sigamos jugando, como si el suelo no doliera y la risa fuera siempre más fuerte que cualquier tropiezo.

Me quedé en silencio.

No había enojo en su voz. Ni temor. Ni vergüenza.

Solo la seguridad de que tropezar y levantarse era parte del juego.

El tiempo pareció detenerse, como si algo dentro de mí se acomodara en su lugar.

El perdón no era un favor ni una carga. Era una puerta abierta.

La abracé con fuerza, dejando que esa verdad se asentara en mi pecho.

—Gracias —le dije con los ojos húmedos.

Ella rio y se apartó con un salto.

—Vamos a proteger este árbol mágico —dijo, señalando un tronco robusto de raíces profundas—. Los villanos invisibles quieren robar sus hojas doradas. Tenemos que rodearlo con piedras para mantenerlo a salvo.

La ternura me llenó el pecho, como si sus palabras hubieran tocado un rincón olvidado de mí.

Nos pusimos a recolectar pequeñas piedras, cada una elegida con un significado especial que solo ella conocía.

—Mira esta —dijo mientras levantaba una piedra lisa y redonda—. Es perfecta para formar un escudo fuerte.

Antes de que pudiera responderle, algo me hizo alzar la vista.

A lo lejos, tres figuras emergieron de la luz, sus siluetas perfiladas contra la claridad que bañaba la montaña.

No necesitaba ver sus rostros para reconocerlos.

Mi madre.

Mi padre.

Mi hermano Miguel.

Sus voces llegaron hasta mí como una caricia que atravesaba el tiempo, envolviéndome con la calidez de un recuerdo que nunca se había ido del todo.

—Disfruta cada instante. Todo lo que necesitas ya está en ti.

Mi piel reaccionó antes que mi mente. Un estremecimiento suave recorrió mis brazos, como si algo en mi interior se abriera de golpe, expandiéndose sin pedir permiso.

—¿Siempre habían estado ahí?

La niña también los miraba. Su rostro no mostraba sorpresa, sino la serenidad de quien siempre ha sabido la verdad, incluso cuando los adultos la han olvidado.

Volví la mirada hacia ella.

Algo dentro de mí se encogió, pero no por tristeza.

Era una emoción más profunda, más antigua.

—¿Cómo te llamas? —pregunté, sintiendo que las palabras apenas lograban salir de mi boca.

Ella sonrió y aferró la piedra entre sus pequeños dedos con la delicadeza de quien guarda un tesoro.

—Me llamo Alma.

Su voz resonó dentro de mí como un eco que viajaba a través del tiempo, expandiéndose en cada rincón de mi ser. No era solo un nombre, era una llave que abría algo profundo dentro de mí, algo que había estado ahí siempre, esperando ser reconocido.

Mi pecho se contrajo y, por un instante, sentí el suelo ceder bajo mis pies. Un escalofrío recorrió mi espalda mientras mi cuerpo reaccionaba a una verdad más grande que yo. La piel se me erizó, mi estómago se encogió en un vértigo que no nacía del miedo, sino del reconocimiento.

Mi nombre.

Pronunciado con la certeza de quien aún no ha aprendido a dudar.

La observé con el corazón desbocado, sintiendo en su sonrisa una respuesta que siempre había estado ahí, esperando ser vista.

—Eres… —mi voz se quebró al pronunciarlo—, eres todo lo que soy.

Ella asintió con la serenidad de quien nunca ha necesitado explicaciones. En sus ojos, en la forma en que sostenía la piedra, en la confianza con la que habitaba el mundo sin miedo, comprendí lo que había olvidado.

No era un sueño.

Era un reencuentro.

Algo vibró a nuestro alrededor y, en un parpadeo, todo comenzó a desvanecerse. Su imagen, la luz que la rodeaba, la calidez de su presencia... todo se disipaba como arena escapando entre mis dedos. Quise aferrarme a ese momento, pero el mundo ya estaba cambiando.

La transición no fue un salto brusco, sino un suave descenso entre dos realidades.

Primero sentí el peso de mi propio cuerpo.

Después, la brisa fresca deslizándose sobre mi piel, el aroma húmedo de la tierra envolviendo mis sentidos, la hierba cediendo bajo mis manos.

Mis párpados se agitaron antes de abrirse, como si mi conciencia aún flotara entre lo que fue y lo que es.

Fui soltando la tensión poco a poco, permitiendo que mi cuerpo se acomodara nuevamente a la realidad. Cada músculo cedía con lentitud, como si mis extremidades comenzaran a entender que el peligro ya había pasado.

Al mover los dedos, sentí algo suave entre ellos.

Levanté la palma.

Una flor blanca, pequeña, intacta.

No era una ilusión. Tampoco un recuerdo. Era real. Y estaba ahí, en mi mano, como una promesa silenciosa.

La misma flor que en el sueño me había sido entregada por ella.

No era solo una flor. Era un puente. Una señal de que aquel encuentro no había sido imaginado, sino vivido desde un lugar profundo, donde el alma y la memoria se abrazan sin palabras.

Esta flor había nacido de un gesto de ternura, de la confianza pura con la que una niña se reconoce en sí misma y se regala compañía.

Y esa niña... era yo.

Llevaba tiempo buscándome, y ahora que nos habíamos reencontrado, me recordaba lo más esencial: soy mi hogar.

Sostuve la flor contra el pecho, sintiendo que no solo me pertenecía, sino que era símbolo de mi esencia más pura.

Volver a ella era también volver a mí.

Entendí que la autenticidad no se busca afuera.

Y muchas veces, se redescubre al reencontrarnos con esa niña interior que nunca dejó de creer, que aún sabe sorprenderse, que habita sin máscaras.

Cerré los ojos un instante, dejando que esa verdad encontrara su lugar en mí.

Me incorporé con calma, percibiendo a mi alrededor con una ligereza nueva, como si me confesara una verdad que siempre había estado ahí, aguardando ser escuchada.

Mi poder no estaba en convertirme en alguien más.

Siempre había estado en ser exactamente quien soy.

El paisaje se desplegó ante mí, vasto y dorado bajo la caricia del sol. Cerré los ojos y dejé que el aire fresco me envolviera, colándose hasta el último rincón de mi interior.

Hoy lo comprendo.

No necesito pasos perfectos para merecer avanzar. Mi valor no se mide en logros ni en la ausencia de caídas. Siempre ha estado en mí, incluso en los momentos en que lo olvidé.

Mi crecimiento no es una meta que deba alcanzar, es una forma de honrar la vida. Aprender, sí… pero no desde la exigencia, sino desde el amor. Desde el deseo profundo de ser cada día más fiel a lo que llevo dentro. La niña que fui no se ha ido. Me acompaña. Me recuerda que la autenticidad no solo es posible, sino necesaria.

Abrí los ojos.

La montaña seguía ahí, con sus pendientes desafiantes. Pero ya no se sentía igual.

No porque ella hubiera cambiado.

Sino porque yo lo hice.

Ahora avanzaba con la seguridad de que la altura de las cimas que elija, la defino yo.

Tomé impulso y di el primer paso.

No solo para seguir adelante.

Sino porque ahora sé que cuando se camina con claridad y autenticidad… el viaje se vuelve verdaderamente nuestro.

Capítulo 9

La luz en la cima

*El verdadero logro
es dejar que la vista
desde lo alto nos
recuerde qué es lo que
realmente importa.*

El aire en la cima se sentía diferente, más liviano, libre del peso acumulado del ascenso. Mi respiración aún era agitada y mis músculos tensos después del esfuerzo, pero una sensación de alivio comenzaba a extenderse en mi pecho. Me incliné ligeramente, apoyando las manos en las rodillas, dejando que mi cuerpo se acostumbrara al descanso tras la exigencia del trayecto.

Levanté la vista. La aldea, ese lugar que antes parecía abarcarlo todo, ahora era solo un pequeño punto en la distancia. Pero no porque hubiera perdido su importancia, sino porque mi perspectiva había cambiado. Las palabras de Miguel volvieron a mi mente: "Cuando estás arriba, te das cuenta de lo pequeñas que son muchas cosas que antes parecían enormes".

Y lo entendí. No se trataba de regresar a un lugar, ni de alcanzar una meta. Se trataba de en quién me estaba convirtiendo con cada paso que daba.

Me agaché y toqué la roca bajo mis pies. Este instante no era un sueño, era real. Cerré los ojos y dejé que el sol acariciara mi piel. Su calor era distinto en las alturas, menos sofocante, más sereno, como una bienvenida tras la tormenta.

Mi cuerpo aún sentía el esfuerzo del ascenso, el latido acelerado que poco a poco volvía a la calma. En ese silencio absoluto, una pregunta cruzó mi mente con la suavidad de la brisa.

—¿Por qué me tomó tanto tiempo llegar aquí?

No era un reproche, sino una reflexión sincera. Y en la quietud de la cima, entendí la respuesta: porque cada paso fue necesario. Porque sin los tropiezos, sin los momentos de duda, este instante no tendría el mismo significado.

Abrí los ojos y dejé que una sonrisa, apenas perceptible, se dibujara en mi rostro.

—Gracias.

No al viaje, sino a todo lo que había hecho posible este momento.

Gracias a mi cuerpo por sostenerme incluso en la fatiga.

Gracias a mi mente por no rendirse.

Gracias a mi corazón por seguir creyendo.

Gracias a quienes me acompañaron en la distancia, aunque no estuvieran presentes.

Gracias a mí misma, por seguir avanzando incluso cuando dudé.

La brisa sopló suavemente, como si recogiera mi gratitud y la esparciera por el mundo.

No estaba sola.

En las alturas, donde solo había cielo y piedra, sentía que todo lo que soy me acompañaba: mi historia, mis heridas, mis aprendizajes. Todo seguía conmigo, no como una carga, sino como la base que me sostenía.

Desde lo alto, el paisaje se extendía sin límites, vasto e inabarcable. Y, sin embargo, algo dentro de mí se sentía igual de inmenso.

Porque en la aparente pequeñez de mi existencia, en la insignificancia de mi figura ante la inmensidad de este lugar, había descubierto algo poderoso:

Yo también formaba parte de algo más grande.

Cerré los ojos y dejé que el sol calentara mi piel, impregnando cada parte de mí con una sensación de claridad que no quería perder. Este momento, en la cumbre, no era el final de mi camino, sino el punto desde donde debía mirar hacia lo que venía después.

Tenía que bajar.

Esa certeza se instaló en mi pecho con un peso inesperado. No porque dudara de mi decisión, sino porque entendía lo que significaba. Descender no sería simplemente desandar los pasos que me llevaron a la cumbre, sino enfrentar el desafío real: sostener lo aprendido cuando la montaña ya no estuviera frente a mí.

Pensé en mi madre, en mi padre, en Miguel.

—¿Verían en mí la transformación o seguirían buscando a quien fui?

A veces, lo difícil no es cambiar, sino regresar a un mundo que espera encontrarte igual.

No tenía que explicarlo, solo vivirlo.

Abrí los ojos y miré el sendero de regreso. Descender no era retroceder, sino caminar con un propósito diferente. Lo aprendido no quedaría atrapado en el punto más alto.

Lo llevaría conmigo.

Lo compartiría.

Lo aplicaría.

Sonreí ante la verdad simple y contundente que se grababa en mi interior.

—El viaje tuvo un propósito no solo físico en mi cuerpo, sino también en mi mente, en mi corazón y en mi alma.

Ajusté la mochila sobre mis hombros y di un paso adelante.

Avancé unos pasos más hasta que algo en el suelo captó mi atención. A simple vista, parecía un conjunto de piedras dispersas, pero había un orden en su disposición, una intención en la forma en que estaban colocadas. Me detuve, sintiendo una atracción inexplicable y me acerqué con cautela.

Un pequeño altar natural emergía entre las rocas, rodeado de piedras de distintos tamaños y colores, cuidadosamente elegidas. Me agaché y deslicé los dedos sobre su superficie áspera y fría, un contraste con el calor que se expandía en mi pecho. La luz del sol, aún filtrándose entre las nubes, iluminó algunas de ellas, arrancando reflejos ámbar y azul. Algo en esa escena despertó un recuerdo que parecía haber estado esperando ese momento para salir a la superficie.

El sueño. La niña que fui, protegiendo el árbol con un círculo de piedras.

Entonces no eran solo piedras. Eran guardianes, símbolos de algo más significativo. Ahora, estaban en el mundo real, como si el camino recorrido hubiera decidido materializar lo que antes solo existía dentro de mí.

Mi ritmo se volvió más pausado, como si mi cuerpo intuyera que estaba a punto de encontrar algo importante. Con sumo cuidado, aparté algunas rocas y, al hacerlo, mis dedos tropezaron con un borde de papel desgastado por el tiempo.

Una fotografía.

La saliva se atascó en mi garganta. Sus bordes amarillentos hablaban de años de sol y lluvia, pero la imagen seguía intacta, como si el tiempo hubiera decidido preservarla.

Eran mis abuelos.

Sus rostros serenos y llenos de vida me miraban desde otro tiempo, con esa calidez que había creído perdida. Sentí una oleada de calor en el pecho, una presión dulce y punzante al mismo tiempo, como si el amor que me unía a ellos aún vibrara en el ambiente. Justo a su lado, una piedra con las iniciales de mi abuelo descansaba entre las demás. Deslicé los dedos sobre el grabado, sintiendo la aspereza de cada trazo, como si cada línea guardara su propia historia, como si en esas marcas aún quedara algo de su fuerza.

Mi madre me lo contó una vez llena de nostalgia.

Mi abuelo, devastado por la ausencia de mi abuela, sintió que la montaña lo llamaba. Creyó que ella lo guiaba, que su presencia seguía en la luz que bañaba los caminos. Con esa certeza, subió hasta la cima para construir este altar en su honor, como un testimonio de que el amor nunca desaparece, solo cambia de forma.

"Ella siempre estará contigo".

Las palabras de mi madre resonaron en mi mente con una claridad casi tangible. La fotografía en mis manos ya no era solo un pedazo de papel, sino un puente entre el pasado y el presente. Sentí su peso, no como un recuerdo que se desvanece, sino como algo que aún vivía en mí.

Los recuerdos llegaron en ráfagas, tan vívidos que por un momento sentí que estaba allí otra vez.

Mi abuela cantando mientras tejía, su voz suave llenando cada rincón de la casa. Sus manos moldeando el pan con una paciencia infinita, el aroma de la masa recién horneada envolviéndolo todo. Mi abuelo alzándome en brazos cuando aún era pequeña, riendo con esa calma suya que nunca se apresuraba, saludando a cada persona en la aldea como si el tiempo no le pesara.

El pecho me dolió de tanta emoción contenida.

Apreté la piedra con más fuerza y, por un instante, deseé con todo mi ser poder volver a escuchar su voz.

—Abuelo… —susurré mientras mis dedos seguían las líneas talladas en la piedra—, ¿cómo hiciste para seguir cuando ella ya no estaba? ¿Cómo lograste que el amor no se deshiciera en medio del dolor?

Las ráfagas continuaron con más intensidad, revolviendo mi cabello, como si la montaña misma quisiera darme una respuesta.

Cerré los ojos y, en ese silencio cargado de significado, supe que su voz siempre había estado ahí, esperando que estuviera lista para escucharla.

—Lleva contigo lo aprendido, pero nunca cierres el corazón. El amor que nos une no se mide en presencia, sino en cómo sigues compartiéndolo con el mundo.

Sentí cómo algo en mi interior se abría lentamente, como si el pecho encontrara alivio después de mucho tiempo contenido. No era solo consuelo: era reconocimiento. Una revelación se instaló en mí: ellos, con su amor, habían sido presencia incluso en la ausencia. No como un eco lejano, sino como una fuerza que me sostenía desde adentro, guiándome sin imponer caminos.

Alcé la fotografía hacia la luz, permitiendo que los rostros se fundieran con el brillo del momento. No era una despedida. Era un encuentro con lo esencial. Con aquello que no se pierde, que no se borra, que trasciende.

Su amor no necesitaba palabras. Bastaba con sentirlo para saber que seguía ahí, acompañándome en cada paso, en cada elección, en cada gesto que nacía del corazón.

Me incorporé con suavidad, deslizando los dedos por la piedra como una forma de honrar lo vivido. Cerré los ojos un instante, agradeciendo en silencio, y dejé que la atmósfera de la altura me recorriera por dentro. Quería que ese momento se quedara conmigo.

Cuando alcé la vista, distinguí en la distancia el lugar que me vio crecer. No era más pequeño que antes, pero algo en mí había cambiado. Ya no lo observaba como quien añora lo que dejó atrás, sino como quien comprende el valor de lo vivido. Allí permanecían mis raíces, las memorias que moldearon mi andar, los rostros que alguna vez me acompañaron. Regresar no sería fácil, pero no volvía con las manos vacías.

Desde esta altura, ya no veía un lugar físico, sino una historia tejida con cada experiencia. Cada risa, cada lágrima, cada lazo seguía en mí. Este momento no era solo un regreso, era un reencuentro.

—¿Podré mantener esta claridad cuando regrese?

Lo aprendido seguía en mí. Y, con cada elección, sabría que la fortaleza no estaba en llegar a la cima, sino en la forma en que decidía caminar cada día.

Di el primer paso en la bajada y un tirón recorrió mis pantorrillas. Un dolor sordo se expandió en mis músculos, no como el agotamiento de la subida, sino como un recuerdo de todo lo que habían soportado. La gravedad, un obstáculo constante que antes debía desafiar, ahora tiraba de mí con una fuerza distinta, inesperada. Mi cuerpo, aún acostumbrado a la resistencia del ascenso, necesitó tiempo para adaptarse a este nuevo ritmo.

El primer tramo fue incierto, casi torpe. Mis piernas, que habían aprendido a empujar con fuerza hacia arriba, ahora dudaban ante la ligereza del descenso. La tensión con la que había sostenido cada paso en la subida ya no era necesaria, pero mi cuerpo tardó en comprenderlo. Era como soltar un peso que había cargado tanto tiempo que ya se había vuelto parte de mí.

Dejé que la tensión se disolviera poco a poco. A cada paso, la bajada marcaba su propio ritmo; mi andar se volvía más ligero, el movimiento fluyendo entre el control y la entrega.

Al principio, mis pies aún buscaban aferrarse al suelo, como si el esfuerzo del ascenso no quisiera soltarme. Pero pronto, mi cuerpo comprendió la diferencia.

La tierra ya no se sentía áspera ni desafiante. No tenía que conquistarla, solo confiar en el camino y dejarme llevar.

La montaña, que antes me había puesto a prueba, ahora me acompañaba sin presionar ni exigir, como un viejo amigo que ya no necesitaba demostrarme nada.

El aire cambió con el descenso. Se volvió más espeso, impregnado del aroma de la tierra húmeda y del perfume sutil de las flores silvestres que emergían en los bordes del sendero. Con cada inhalación, la fatiga se asentaba en mí de otra manera. Ya no era el peso de la lucha, sino la certidumbre de todo lo recorrido.

A medida que la aldea se hacía más cercana, la certeza que había sentido en la cima comenzó a desdibujarse.

—¿Y si no se trata de conservar la claridad, sino de volver a encontrarla cada vez que se oculte?

La corriente sopló con más intensidad, enredándose en mi cabello, trayendo consigo algo más que el peso de la montaña. Un eco.

La risa de mi abuela.

No era una respuesta literal, solo el sonido cálido de su voz, como en aquellas tardes junto al fuego, cuando sus manos tejían con paciencia.

—Las manos no siempre saben qué hacer al principio, Alma —me decía con ternura—. Pero si sigues tejiendo, los nudos se deshacen solos.

Me detuve.

El descenso no era solo un regreso, era el inicio de algo más.

Había días en los que los nudos se formaban sin que lo notara, pero la clave no era evitarlos, sino confiar en que, con paciencia, cada hilo encontraría su lugar.

El viento cambió de dirección, acariciando mi rostro con una fuerza inesperada, como un recordatorio de que la montaña no me dejaba, solo me acompañaba de otra manera.

Giré sobre mis pasos y miré la inmensidad que quedaba atrás. La cumbre se alzaba imponente, pero ya no parecía lejana. Su presencia me reconfortó.

No era una despedida.

Era un ancla.

El viaje no había sido solo un desafío; había sido un espejo. Un sendero que me reveló todo lo que había descubierto en mí y todo lo que aún estaba por aprender.

Ajusté la carga sobre mis hombros.

No tenía todas las respuestas.

Pero eso ya no me detenía.

Avancé.

Y esta vez, no solo caminaba…

sino que sabía por qué lo hacía.

Capítulo 10

El regreso

Lo que aprendes al
llegar a una cima
cobra verdadero valor
cuando lo compartes
con humildad y un
corazón auténtico…
porque la montaña
sigue enseñando,
estés donde estés.

*E*l aire era diferente, más cálido, impregnado del aroma familiar de leña quemándose en los hogares y de la tierra húmeda después de la última llovizna. No había rastro de ráfagas cortantes ni de la humedad que se aferraba a mi ropa en la cima. Sin embargo, mi pecho aún guardaba la sensación del ascenso, como si una parte de mí se negara a descender por completo. Traté de ordenar las emociones que se arremolinaban dentro de mí, tan intensas como el cansancio que aún pesaba en mis músculos por el esfuerzo del camino.

El sendero se volvía más llano y accesible, pero mis pasos no encontraban el mismo ritmo con el que había caminado entre las rocas. Después de días enfrentando la inmensidad de la montaña, rodeada del cielo abierto, la aldea parecía un mundo demasiado pequeño, demasiado quieto. Todo seguía igual: las casas de madera con sus techos cubiertos de tejas viejas, los jardines en flor, el sonido de las voces entrelazándose. Pero yo... yo no era la misma.

Mis dedos aflojaron la correa de la mochila, dejándola deslizarse lentamente hasta el suelo. La descarga fue inmediata, un cosquilleo recorrió mis hombros cuando el peso desapareció de mi espalda. Solté un suspiro largo, pero la tensión en mi pecho apenas cedió. Por primera vez en días, no tenía que cargar con nada, y, sin embargo, la sensación de soltar me resultaba extraña.

Crucé la plaza con pasos medidos, sintiendo la grava crujir bajo mis botas. La fuente del centro seguía allí, el musgo cubriendo sus bordes como siempre, el fluir del agua cayendo. Cerré los ojos un instante, dejando que los sonidos del pueblo me envolvieran: risas de niños a lo lejos, el golpe pausado de un martillo sobre la madera, el aleteo fugaz de un ave al alzar el vuelo.

Todo era parte de mi historia.

Una ráfaga tenue arrastró consigo un eco del pasado, una imagen fugaz de la niña que solía correr por esos mismos caminos sin detenerse a cuestionar su lugar en ellos. Ahora, con el cuerpo marcado por la travesía y la mente llena de aprendizajes, el hogar se sentía diferente. O tal vez la diferente era yo.

—¿Y si el verdadero sentido de mi transformación es compartirla con el lugar que me vio nacer?

Mis manos, aún húmedas, recorrieron la tela de mi pantalón en un intento de disipar el hormigueo en mis dedos. La aldea no había cambiado, pero la forma en que la veía sí. Y aunque mis pasos conocían el camino de memoria, cada metro que me acercaba a casa parecía un territorio nuevo.

Apenas di unos pasos más y la vi.

La puerta de casa.

Me detuve.

Un aroma a hogar llenaba el espacio con una calidez que me atravesó de inmediato. Un sonido familiar resonó al otro lado, el eco de una conversación cotidiana, de esas que se dan por sentadas. Mi corazón latía con fuerza contra mis costillas, una mezcla de certeza e incertidumbre recorriendo mi cuerpo.

Tomé aliento.

Era momento de entrar.

El aire cambió a mi alrededor, denso y expectante, como si el mundo entero se hubiese detenido conmigo. Levanté la mano, dispuesta a tocar la puerta, pero antes de hacerlo, esta se abrió lentamente.

Y ahí estaba ella.

Mi madre, con las manos cubiertas de harina, la mirada detenida en mí como si temiera que fuera un espejismo. Por un instante, ninguna de las dos se movió. En sus ojos se reflejaban el alivio, la sorpresa y un amor inquebrantable que había esperado paciente, sin preguntas ni exigencias.

—Alma… —pronunció mi nombre con una mezcla de asombro y ternura, como si al decirlo pudiera confirmar que no era un sueño.

Antes de que pudiera reaccionar, se lanzó hacia mí y me envolvió en un abrazo firme, sin reservas. Su calor me rodeó, y el aroma familiar a pan y madera se filtró en mi piel, llenando el espacio entre nosotras con una calidez imposible de traducir en palabras.

No hubo preguntas ni explicaciones, solo el peso de todo lo que no habíamos dicho cayendo entre nosotras en ese instante. Su respiración se entrecortó contra mi cabello, como si el simple hecho de tenerme ahí bastara para liberar todo lo que había estado conteniendo.

Me aferré a ella con la misma intensidad, sintiendo cómo su latido se acompasaba al mío. Y entonces lo entendí: mi regreso no era solo mío. También era suyo.

Mi padre apareció en la entrada, con la misma presencia serena de siempre, pero sus ojos delataban algo distinto. Dejó la azada junto a la pared con un gesto contenido y caminó hacia mí con pasos firmes pero pausados, como si estuviera dándose el tiempo de asimilar que realmente estaba ahí.

Se detuvo frente a mí y apoyó una mano en mi hombro. No hubo prisas, ni necesidad de llenar el momento con palabras vacías. Su toque fue cálido y seguro.

—Bienvenida a casa, hija.

Su voz profunda resonó con la misma certeza con la que siempre había hablado. No era solo una bienvenida; era la confirmación de que, sin importar lo lejos que hubiera ido, siempre tendría un lugar.

Nos quedamos en ese instante, uniendo las piezas de todo lo que el tiempo había dejado en pausa. Mi madre seguía abrazándome, como si al sostenerme pudiera soltar el peso de los días de espera. Mi padre mantenía su mano en mi hombro, sin prisa por soltarme. Y yo, por primera vez en todo mi viaje, sentí que estaba exactamente donde debía estar.

Cuando nos separamos, mis ojos se detuvieron en las manos de mi madre, aquellas que durante años moldearon pan, remendaron ropa y acunaron mis miedos. Ahora las veía con otros ojos. Cada arruga, cada cicatriz, eran marcas de amor, de esfuerzo, de vida entregada sin condiciones.

—Te ves… distinta —mencionó recorriéndome con la mirada, como si intentara descubrir en qué me había convertido.

—Lo soy, mamá —respondí sin dudar. Y en mis propias palabras, entendí que no solo hablaba de lo que había aprendido, sino de lo que ahora sabía con certeza—. Pero he vuelto más completa.

Asintió, con una sonrisa suave que no necesitaba explicaciones. En su mirada había algo más que orgullo: un alivio que se fijaba lentamente, la certeza de que yo no solo había regresado, sino que lo hacía en paz conmigo misma.

Mi padre, que aún nos observaba desde la entrada, se acercó con la misma cautela con la que siempre manejaba sus emociones. Me estudió en silencio por un momento antes de abrir los brazos y estrecharme contra él.

Su abrazo no fue breve ni vacilante. Fue firme, con una energía que no venía del esfuerzo físico, sino de algo más hondo, de todo lo que había contenido mientras yo no estaba. Percibí el peso de la preocupación que ahora podía soltar.

—Sabía que lo lograrías —dijo; su tono seguro, sin adornos ni dudas.

Le sostuve la mirada y, en ella, encontré lo que siempre había estado ahí pero que ahora podía ver con claridad: su amor no era ruidoso, pero era constante. Su forma de cuidar no estaba en las palabras, sino en la presencia.

—Gracias, papá.

No fue una simple respuesta. Fue un reconocimiento de todo lo que él nunca había dicho, pero que siempre estuvo presente en cada acción, en cada mirada que me dirigió sin necesidad de explicaciones.

—Aprendí muchas cosas... —le dije sintiendo cómo el aire en mis pulmones se volvía más liviano—, pero lo más importante fue entender que lo que buscaba siempre había estado en mí.

Él asintió con la expresión tranquila de quien comprende una verdad sin necesidad de decirla en voz alta.

Entramos juntos a la casa.

El olor del estofado cocinándose al fuego me envolvió. Ese aroma, que tantas veces había pasado desapercibido en la rutina, ahora parecía contener todas las respuestas. La luz dorada llenaba cada rincón, el crujir de la madera bajo mis pies se sentía como un latido vivo, y los pequeños detalles cotidianos que antes ignoraba se revelaban con una calidez distinta.

El hogar seguía siendo el mismo, pero yo ahora lo veía con otros ojos.

Y supe, con la misma certeza con la que supe que debía emprender ese viaje, que no se trataba de regresar igual.

Se trataba de regresar con conciencia.

De ver lo que siempre estuvo ahí y aprender a valorarlo.

Porque la verdadera transformación no estaba solo en lo que había encontrado en la travesía.

Estaba en la forma en que ahora elegía mirar todo lo que me rodeaba.

Miguel estaba ahí, sentado frente a mí con la misma serenidad de siempre, pero algo en su mirada revelaba que esta vez no era solo un observador. Sus manos descansaban sobre la mesa, firmes, pero sin tensión, como si llevara consigo una verdad que había esperado el momento adecuado para compartir.

Por un instante, el silencio entre nosotros se hizo más pesado, como si contuviera todas las palabras que nunca nos habíamos atrevido a decir. Me encontré observando sus manos, las mismas que tantas veces habían sostenido las mías cuando éramos niños, cuando tropezaba, cuando tenía miedo. Ahora parecían distintas, más fuertes, con marcas de experiencias que desconocía.

Me di cuenta de algo que no había querido aceptar antes: por mucho tiempo, pensé que su distancia significaba que ya no éramos los mismos, que se había alejado por elección. Pero ahora veía lo que en su momento no comprendí.

—Miguel, ahora entiendo lo que sentiste cuando volviste —dije al fin, con un peso liberándose en mis palabras.

Él levantó la mirada, atento, sin apurarse a responder.

—Siempre pensé que habías cambiado demasiado, que ya no eras el mismo —continué, con la voz más firme—. Ahora me doy cuenta de que no eras tú quien había cambiado... era mi forma de mirarte.

Sus ojos se suavizaron, y en su expresión percibí algo que antes no había notado: alivio. Como si mis palabras soltaran un nudo que llevaba atado desde hacía mucho tiempo.

—No era fácil explicarlo —dijo, al fin, su tono sereno.

No había reproche en su voz, ni tampoco un "te lo dije". Solo una verdad simple, una que había estado ahí todo este tiempo, esperando ser comprendida.

—Subir cambia muchas cosas, Alma. No en lo que eres, sino en lo que ves. Transforma la forma en que te miras a ti misma y a los demás. Y lo que más aprendí fue que en algún momento, tenía que confiar en que encontrarías tu propia fuerza.

Supe, al escuchar esas palabras, que su distancia no había sido un abandono. Había sido su forma de darme espacio para crecer, para equivocarme, para aprender sin depender de él.

—Pero... ¿y si no soy tan fuerte como crees? —dejé escapar antes de poder detenerme.

Todavía había una parte de mí que se aferraba a la duda. Había superado el camino y enfrentado la cima, pero ¿realmente había aprendido lo suficiente?

Miguel extendió su mano y tomó la mía con suavidad. Su gesto me tomó por sorpresa. No era propio de él hacer ese tipo de demostraciones, pero la calidez de su contacto fue suficiente para disipar parte de la incertidumbre.

—Siempre supe que lo lograrías —afirmó con convicción—. Y la verdadera fortaleza no está en no dudar nunca, sino en seguir adelante incluso cuando las dudas aparecen.

Sus palabras resonaron en mí con una claridad inesperada. El viaje me había enseñado muchas cosas, pero quizás esta era la más importante: no se trataba de no tener miedo, sino de no dejar que el miedo dictara mis pasos.

No encontré las palabras para agradecerle en ese momento, pero él no parecía esperarlas. Me bastó con sostener su mirada para entender que, de algún modo, ya lo sabía.

—Miguel, gracias por confiar en mí —dije al fin, con la voz entrecortada, pero sincera.

Él asintió con una pequeña sonrisa apenas perceptible.

—El amor es lo que nos sostiene, Alma. Aquí, en nuestra familia, siempre lo tendrás.

Sus palabras llegaron con una certidumbre que sentí en lo más profundo. No eran solo una afirmación. Eran una promesa.

Cerré los ojos un instante y dejé que todo se asentara en mi interior. La duda todavía estaba ahí, pero algo más fuerte comenzaba a crecer en su lugar: la seguridad de que no tenía que tener todas las respuestas de inmediato.

—Eso es lo que quiero llevar conmigo —dije mirando nuestras manos entrelazadas—. Toda la fuerza que he encontrado aquí quiero que sea lo que me sostenga. Porque, al final, lo único que realmente importa es lo que dejamos en los demás.

Miguel apretó mi mano con un gesto firme y cálido. No necesitábamos decir más.

La cena transcurrió con una tranquilidad que reflejaba todo lo que había cambiado, no solo en mí, sino en todos nosotros. Cada bocado del estofado y del pan tibio sabía distinto, no por su sabor, sino por la forma en que lo experimentaba ahora. La calidez del hogar, el sonido crepitante del fuego y las miradas de mi familia me envolvían en una sensación de pertenencia que nunca había sentido con tanta claridad.

Observé a mi madre y noté algo distinto en ella. Su mirada brillaba con una ternura que iba más allá del alivio de verme de regreso. Había en ella una paz que me hacía pensar que, quizás, también había encontrado algo nuevo en mi ausencia. Mi padre tenía una expresión más serena. No necesitaba hablar para hacerme saber que estaba orgulloso de mí. Y Miguel... él me miraba con una mezcla de complicidad y certeza, como si nuestras palabras de antes aún resonaran.

El fuego de la chimenea iluminaba la mesa con una luz cálida y danzante. Sentí la necesidad de hablar, no solo por mí, sino por todo lo que habíamos compartido en este viaje.

—Quiero que sepan que mi viaje no fue solo para mí —dije con una voz firme, pero pausada—. Cada paso que di, cada lección que aprendí también fue para nosotros. Para entender mejor lo que significa estar juntos, lo que significa crecer sin alejarnos.

Mi madre inclinó ligeramente la cabeza, atenta a cada palabra.

—La montaña me enseñó que la verdadera fortaleza no está en resistir, sino en adaptarse. Me mostró que no importa cuán difícil parezca un reto, siempre hay una forma de enfrentarlo. Y entendí que lo que más importa no es lo que logramos, sino cómo compartimos esos logros con quienes amamos.

Sus ojos brillaban con emoción contenida y en ese momento supe que entendía exactamente lo que quería decir. Mi padre asintió lentamente, y en su mirada vi algo que me conmovió. Un reconocimiento de que mis palabras no solo eran mías, sino también suyas.

Miguel, en cambio, simplemente sonrió, con esa expresión suya que decía más de lo que cualquier palabra podría expresar.

Miré a mi alrededor y comprendí que el viaje no terminaba en ese momento. El viaje seguiría conmigo, en cada decisión, en cada duda, en cada paso que diera a partir de ese momento.

Esa noche, el hogar no fue solo un refugio, fue el eco de todo lo que había aprendido. Dormí profundamente. Algo dentro de mí se había asentado. Comprendí que no era el destino quien trazaba mi rumbo, ni la cima, ni la aldea, ni yo me definía por voces ajenas. El verdadero propósito no estaba en llegar a un punto concreto, sino en la forma en que decidía caminar. Seguir la brújula de mi corazón se había vuelto mi forma de habitar el mundo.

Nadie más podía definir el sentido de mi vida.

Yo era libre.

Libre de elegir mis propias cimas, de cambiar de sendero, de volver a empezar si lo necesitaba. Esa libertad, la de caminar con autenticidad, había sido mi primera cima alcanzada.

A la mañana siguiente, el amanecer trajo consigo un ambiente distinto, una calma que contrastaba con la intensidad de los días previos. La luz tenue se filtraba entre los árboles, proyectando siluetas alargadas sobre el sendero, y en el fresco de la mañana sentí la necesidad de despedirme, de mirar la montaña una última vez.

Caminé sin apuro, dejando que mis pasos se hundieran en la tierra del sendero. El crujir de las hojas secas bajo mis botas y el sonido del viento entre las ramas eran la única compañía… hasta que otro sonido se sumó a ellos: pasos ligeros siguiendo mi ritmo.

No me sorprendió.

Giré y encontré a Ángel, con su expresión tranquila y esa media sonrisa que parecía saber más de lo que decía.

—¿De verdad creíste que podías regresar sin saludarme? —preguntó, metiendo las manos en los bolsillos con esa naturalidad suya que siempre desarmaba cualquier resistencia.

Sonreí, sintiendo una calidez inesperada al verlo ahí.

—No estaba segura de que ya estuvieras despierto —admití.

—Bueno, digamos que tengo buen instinto para saber cuándo alguien está a punto de hacer algo importante.

No hubo necesidad de más palabras. Ángel simplemente empezó a caminar a mi lado, sin preguntar a dónde íbamos ni por qué. Su presencia se sintió ligera, como si siempre hubiera estado destinada a estar en este momento.

Avanzamos. La cima de la montaña se dibujaba a lo lejos, bañada por los primeros rayos del sol. No era la misma vista de antes, no porque hubiera cambiado el paisaje, sino porque ahora mis ojos la observaban con una nueva perspectiva.

—Entonces, Alma... —rompió el silencio con voz pausada—, ahora que has vuelto, ¿qué significa todo esto para ti?

Dirigí la mirada hacia el horizonte, donde la luz comenzaba a disipar la penumbra de la madrugada, permitiéndome sentir la pregunta antes de responder.

—Significa que entendí que el viaje nunca se trató solo de llegar a la cima —dije finalmente—. Se trataba de aprender a mirar el camino de otra forma, de comprender que la claridad no siempre está en el destino, sino en cada paso que das para llegar ahí.

Ángel asintió con una expresión pensativa.

—Eso suena profundo. ¿Cuál dirías que fue la lección que más te marcó?

Sonreí con un toque de ironía, aligerando la intensidad del momento.

—Que por mucho que intentes convencerte de lo contrario, no puedes escalar con orgullo. Al final, tu verdadera esencia siempre tiene la última palabra.

Su risa se expandió con la mañana, genuina y libre, como si hubiera estado aguardando justo ese momento.

—Eso suena más como la Alma que conozco.

Mi sonrisa se desvaneció levemente mientras un recuerdo se filtraba entre mis pensamientos.

—También aprendí que, a veces, cuando ayudas a alguien más, terminas encontrando la fuerza que no sabías que tenías.

Ángel ladeó la cabeza, intrigado.

—¿A qué te refieres?

Tomé un momento antes de responder.

—Encontré un ave herida en el camino. Era pequeña y frágil, y, sinceramente, no creí que fuera a sobrevivir. Pero la sostuve entre mis manos toda la noche, dándole calor. Y cuando amaneció y abrió sus alas para volar, sentí que algo en mí también había sanado.

Ángel me observó con atención, y, por un momento, no dijo nada. Pero en su mirada había algo distinto, algo que decía que comprendía exactamente a qué me refería.

—Eso suena como algo que la montaña quería enseñarte.

—Creo que sí —respondí—. Me recordó que la verdadera fortaleza también está en la compasión. En esos actos simples que, aunque parezcan pequeños, pueden transformarlo todo.

Entonces, un destello rojo capturó nuestra atención.

Un colibrí flotaba entre las ramas, suspendido en un equilibrio perfecto.

Nos quedamos inmóviles, observando su danza en medio de la luz dorada.

—Mira eso —señaló Ángel.

—Es increíble —dije apenas moviendo los labios—. Es tan pequeño… y, sin embargo, se mueve como si llevara toda la fuerza del mundo en esas alas.

Ángel asintió, sin apartar la vista del colibrí.

—Es curioso —comentó sin apartar la vista—, cómo algo tan frágil puede ser tan determinado.

El ave revoloteó unos instantes más y luego desapareció entre los árboles, dejando tras de sí solo el leve zumbido de su aleteo.

El silencio se instaló entre nosotros, pero era un silencio lleno. Un espacio sagrado donde ya no hacían falta palabras.

—¿Sabes, Alma? —dijo Ángel después de un rato, con una sinceridad inusual en su voz—. Siempre pensé que la montaña era algo que nunca podría intentar. Pero ahora, después de escucharte, creo que algún día lo haré.

Me detuve.

Lo miré, y sentí que algo dentro de mí se expandía, como si su deseo despertara una verdad dormida.

—Esa decisión solo depende de ti. Cada paso que damos transforma algo en nosotros. Y si algún día decides hacerlo, que sea con una mente, un corazón y un alma abiertos.

No respondió de inmediato, pero la forma en que sus ojos brillaron por un instante me hizo saber que mis palabras habían quedado grabadas en él.

Sin apuro, retomamos el camino de regreso.

Una corriente suave se deslizó entre nosotros, trayendo consigo el aroma de la tierra húmeda y el rumor de un nuevo día asomando entre los árboles. Algo en mí sabía que este viaje no había terminado. Pero, esta vez, la incertidumbre no me asustaba.

Era solo el comienzo de algo más.

Un camino elegido desde lo que soy.

Desde lo que ahora sé que soy capaz de ser.

Agradecimientos

Gracias a Dios, mi guía más grande. Todo lo que tengo y todo lo que soy viene de Él. Le agradezco cada día por caminar a mi lado. He aprendido a confiar en su voluntad, y hoy le entrego este proyecto con la promesa de dar siempre lo mejor de mí, con las herramientas que tenga en cada etapa del camino. Gracias a mi país natal, México, por ser la tierra donde nacieron mis raíces, mis valores y mis primeros sueños. A mi familia y amigos, por ser la base de lo que soy. Su amor me acompaña siempre, sin importar la distancia. Gracias también a Estados Unidos, un lugar que ha marcado profundamente mi evolución. Me ofreció oportunidades, me retó con desafíos transformadores y me regaló experiencias que han expandido mi visión.

A mi esposo, Bill, y a mis hijos, Lucas y Camila: gracias por ser mi equipo en esta aventura. Por su paciencia, su amor y por recordarme cada día que el verdadero viaje se vive en familia. Nada de esto tendría sentido sin ustedes. Gracias por todo lo que hemos caminado juntos… y por todo lo que aún nos espera.

A Dean Graziosi, cuyas mentorías —posibles gracias a las maravillas de la tecnología— me inspiraron a dar forma a este proyecto y me llevaron a conocer Self Publishing, de Chandler

Bolt. A través de esa conexión, este libro encontró dirección, enfoque y propósito. Agradezco profundamente a mi coach Allison Davis, por acompañarme con compromiso, claridad y paciencia en cada paso. Su guía fue esencial para convertir este sueño en realidad, y para que esta historia pudiera compartirse también en inglés, abrazando así todas las raíces de mi vida.

Y a mi coach en México, Carlos Díaz, por su mirada atenta durante la versión en español. Gracias por ayudarme a mantener viva la esencia de mi voz narrativa y cuidar cada detalle con sensibilidad y entrega.

Este libro no es solo un proyecto. Es una parte de mi alma. Gracias a cada persona, lugar y experiencia que me ha traído hasta aquí... y a ti, lector, por dar sentido a este viaje al abrir sus páginas.

Biografía del Autor.

Fabiola Rojas es madre, esposa y profesional con más de 20 años de experiencia en la industria farmacéutica, donde ha liderado equipos como Directora Comercial y de Marketing. Tiene una Maestría en Marketing por EGADE Business School del Tecnológico de Monterrey y está certificada como Life Coach por Florida International University. Su trayectoria le ha demostrado que el bienestar integral depende en gran medida de nuestras decisiones conscientes, por lo que fusiona el desarrollo personal con su experiencia empresarial para generar impacto real. A través de herramientas efectivas y procesos estructurados, acompaña a personas y equipos a ganar claridad, fortalecer su liderazgo y alinear sus acciones con sus valores. Está convencida de que no existen límites para el crecimiento, porque vivir con autenticidad es elegir aprender, evolucionar y avanzar siempre.

¿Podrías dejar una reseña en Amazon?

Solo toma un momento, pero significa muchísimo.

Gracias por compartir este tiempo conmigo
a través de estos capítulos.

Si este libro transformó de alguna forma tu camino, me
encantaría conocer tu experiencia.
Tu opinión puede ayudarme a seguir creciendo y
a que más personas descubran este mensaje.

Gracias por tu lectura y por ser parte de este viaje.

Fabiola Rojas